시 죠요

러스트
e 타케

n fine with
ing the
cond girlfriend.

나는
두 번째 여친
이라도 괜찮아

contents

「나 있지, 줄곧 이런 거 해보고 싶었어.」

달라붙은 하야사카의 몸은 부드럽고 뜨거웠으며 땀으로 조금 젖어 있었다. 가슴에 닿는 하야사카의 숨결에 내 피부가 달아올랐다.

「그냥 게임 하는 거잖아. 싫어?」

프롤로그

　학교가 끝나면 둘이 같이 있는 모습을 들키지 않도록 먼 길을 돌아서 집으로 간다.

　선로 옆, 인적 없는 길을 따라 울타리와 벽돌담이 좌우로 늘어선 좁은 길에서 있었던 일이다.

　"덥다, 그치."

　옆을 걷는 하야사카가 말했다.

　산뜻한 하복, 깔끔하게 잘라 정돈한 머리, 미소 진 표정이 어딘가 앳되어 보였다.

　"목말라라."

　하야사카는 방금 자판기에서 산 사이다를 한 모금 마시고서 말했다.

　"키리시마도 마실래?"

　"그래도 돼?"

　"응."

　흔쾌히 건넨 페트병. 내 가방에는 따뜻한 차가 들어있는 보온병이 있었지만, 확실히 이렇게 새파란 하늘 아래 있으니 시원한 탄산음료를 마시고 싶은 기분이었다.

하지만 정말로 그래도 될까?

방금 사이다를 마신 하야사카의 촉촉한 입술에 무심코 시선이 갔다.

그대로 마시면, 완전히 그거다. 간접 키스다.

하지만 하야사카는 그런 생각은 눈곱만큼도 없다는 얼굴로 청순하디 청순한 여자아이처럼 미소 짓고 있었다.

여기서 망설였다간 도리어 의식하고 있는 것처럼 보일 것이다.

나는 시치미를 뚝 떼고 입을 대 사이다를 마셨다.

"간접 키스네."

그 말에 사레가 들렸다.

"……그 말은, 하야사카, 날 놀린 거지?"

"에헤헤."

피스 사인을 보이는 하야사카. 그러나 표정은 수줍었고 볼도 빨갛게 물들었다.

"자기가 해놓고서 부끄러워하지 마."

"아, 안 부끄럽거든."

그렇게 말하면서도 하야사카는 명백하게 부끄럽다는 태도로 그보다 하며 화제를 돌리려 했다.

"점심시간에 친구랑 무슨 얘기를 그렇게 열심히 했어?"

"그 녀석, 짝사랑 중이라나 봐."

"어?! 키리시마가 친구한테 연애 상담을 받았다고?!"

"안 어울리지. 난 수수한 데다 안경잡이니까."

"그래도 난 그렇게 차려입은 키리시마가 좋아. 누가 봐도 범생이란 느낌으로 캐릭터가 완성되어 있잖아."

"전혀 위로가 안 되는걸."

"그래서 어떻게 했어? 그 친구한테 어떻게 조언해줬어?"

"단순 접촉 효과에 관해 설명해줬지."

내 말에 눈을 반짝이던 하야사카는 "아, 그래." 하고 갑자기 미묘한 표정을 지었다.

"뭐라고 해야 할까? 뭔가, 그거 같다. 무척 키리시마다워."

"그거 전혀 칭찬한 거 아니지?"

단순 접촉 효과란 '자주 보는 것, 자주 듣는 것에 호감을 느끼기 쉽다'는 심리적 효과를 말한다. 광고에서 본 적이 있다고 충동구매를 하는 행위와 멀리 있는 사람보다 가까이 있는 사람을 좋아하게 되는 심리도 이로써 설명이 가능하다.

"사람은 모르는 건 좋아할 수 없는 법이야. 그래서 걔한테 아무튼 좋아하는 여자애랑 매일 얼굴을 마주치라고 조언해줬지. 인사를 하든가, 뭘 빌리거나 빌려주든가, 뭐든 상관없으니까."

"흐음, 단순 접촉 효과라."

그렇구나~ 하고 고개를 끄덕이며 하야사카가 장난스러운 표정을 지었다.

"……그럼 우리도 해보자, 그거."

손바닥을 슬그머니 내 손에 갖다 댔다.

"손, 잡자."

"아니, 여기서 말하는 접촉은 보거나 듣는 그런 지각적인 걸 말하는 거거든……."

"그래도 직접 만지면 더 효과가 있을지 모르잖아? 아니, 분명 그럴 거야."

어깨에 건 가방을 어느새 내 쪽과는 반대쪽 어깨에 바꿔 걸었다.

가까워진 거리에 나는 무심코 긴장하고 말았다.

──직접 만지면 더 효과가 있을지 모르잖아?

하야사카는 분명 적당히 한 소리였겠지만 확실히 맞는 말일지 모른다.

별생각이 없던 여자아이가 상대라도 넌지시 어깨를 만져오면 가슴이 설렐 것이고 만약 귀신의 집에서 날 끌어안기라도 한다면 그 아이를 좋아하게 될 자신이 있었다.

아마 이것은 머리로는 제어 불가능한 마음의 메커니즘이리라.

만진다는 행위에는 그만큼 특별한 힘이 있었다.

만약 여기서 하야사카와 손을 잡으면 어떻게 될까?

나는 내가 이해하고 있는 것 이상으로 하야사카를 좋아하게 될지도 모르고 하야사카도 본인의 예상을 뛰어넘을 만큼 날 좋아하게 될지도 모른다.

"응? 키리시마."

하야사카가 또 슬그머니 손바닥을 들이댔다.

점점 가까이 다가와 내 팔에 하야사카의 가슴이 닿을 것만 같았다.

하야사카는 얼굴은 앳되었으나 몸은 무척 어른스러웠다.

나는 갑자기 왠지 부끄러운 마음이 들어 고개를 돌렸다.

"손을 잡는 건 논리의 비약이야. 심리적 효과를 검증하는 데는 부적절하다고 해야 하나——."

"그렇게 핑계 대면서 도망치려는 거 나쁜 버릇이야, 키리시마."

하야사카가 내 손을 쥐려 했다.

나는 바지 주머니로 손을 숨겼다.

"그렇게 나온단 말이지? 그럼 내 맘대로 팔짱 낄 거야."

하야사카가 팔에 달라붙으려 해서 나는 황급히 길가 끝으로 도망쳤다.

그렇게 조금 떨어져 걸으면서도 팔짱을 끼겠다고 말한 것 때문에 자연스럽게 하야사카의 하얀 블라우스와 그 가슴에 시선이 가고 말았다.

"에헤헤, 키리시마가 부끄러워하는 이유, 왠지 알 것 같아."

"과연 그럴까?"

"여기저기 많이 만지면 우리도 더, 더 많이 사이가 좋아지지 않을까?"

하야사카는 장난스러운 표정으로 더욱 의욕을 불태우며 달라붙으려 했다.

좁은 골목길에서 벌어진 술래잡기.

하야사카의 표정과 행동은 어린아이 같았지만, 교복에서 뻗어 나온 팔다리는 역시나 고등학생다웠고 아름다운 피부결에 숨까지 차올라 붉게 상기된 볼이 묘하게 요염해 보였다.

나는 아직 하야사카의 피부에 닿을 마음의 준비를 마치지 못

해 아무튼 도망 다녔다. 하야사카는 운동 신경이 좋은 편은 아니라 자기 다리에 걸려서 넘어질 뻔했다.

"흥, 그럼 이렇게 하지 뭐."

하야사카는 앞에 멈춰 서서 길을 막듯이 몸을 펼쳤다.

나는 능청스럽게 그 옆을 빠른 걸음으로 빠져나가려 했다.

"그만 포기해, 키리시마!"

온몸으로 부딪치는 하야사카를 나는 어깨로 밀어내며 바짝 맞섰다.

"이러지 마, 우리에겐 아직 일러!"

"우리도 슬슬 다음 단계로 넘어가야지~."

"잠깐만, 그런 얘기가 아니었잖아. 우리가 하던 얘기는 단순 접촉 효과에 대한 거 아니었어?"

"그게 뭐더라?"

되려 시원스럽네! 그래도——.

"하야사카도 남자랑 서로 만져본 적 없잖아. 사실은 부끄러운 거 맞지? 익숙한 척하지 마!"

완벽하게 정곡을 찔렀는지 하야사카의 시선이 방황했다.

"무, 무, 무, 무슨 소리인지 모르겠는데?!"

"부끄럼도 잘 타면서 이런 짓을——."

"키, 키리시마 때문이야!"

포기했는지 하야사카가 토라진 표정을 지었다.

"그치만 계속 손도 안 잡아주잖아!"

요즘 거리낌이 없길래 무슨 일인가 싶었더니 그런 생각을 하고 있었구나.

세상에 이렇게 귀여운 생물이 다 있다니, 그런 생각을 하면서
도 나는 기세를 죽이지 않고 다시 달라붙으려 하는 하야사카를
어깨로 밀어냈다.

"아무리 그래도 무리할 것 없잖아! 얼굴도 새빨개!"

"무리 안 했거든, 이건 아침부터 열이 있어서 그런 거라구!"

"설령 그렇다 해도 말이지!"

나는 아직 그런 짓을 하는 것이 부끄러웠다.

◇

다음 날 아침, 교실에서 나는 하야사카를 시선으로 좇고 있었
다.

하야사카는 등교하자마자 교과서를 펼쳐놓고 수업 예습을 시
작했다. 공책에 무언가 필기를 하면서도 인사를 건네는 목소리
가 들려올 때마다 "안녕~." 하고 인사를 되돌려주었다.

원래부터 살가운 편이었으나 오늘은 더욱 힘이 넘쳤다.

무리하고 있구나 싶었다.

"하야사카, 안녕!"

조금 노는 분위기의 옆 반 남학생이 교실로 들어와 말했다.

"오늘 밤에 스튜디오 빌려서 밴드 연습하는데, 들으러 올래?"

"미안해…… 밤엔 안 돼. 통금 시간도 있어서…….."

"그렇구나. 다음에 또 말할게."

역시 안 되네, 그렇게 말하며 터덜터덜 돌아갔다.

그 모습을 보던 같은 반 남학생들이 대화를 시작했다.

"하야사카, 변함없이 철벽이네."

"모르시네. 그게 좋은 거잖아. 성실함과 청순함, 누가 봐도 금이야 옥이야 길러온 아가씨란 느낌이잖아."

"내 독자 조사에 따르면 스마트폰 연락처에 등록된 남자는 아빠가 끝이라는 소문이 있어."

내 자리 바로 뒤에서 그런 대화가 벌어졌으나 나는 참가하지 않았고 내게 하야사카에 대한 의견을 구하지도 않았다.

"저렇게 부끄럼을 잘 타니 설령 사귄다 해도 고생일걸."

"모르시네. 하야사카가 저런 느낌으로 '쑥스러워서 손을 어떻게 잡아~.' 하고 말하는 게 좋은 거잖아. 진짜로 뭘 모른다니까."

"내 독자 조사에 따르면 하야사카는 고백도 많이 받았지만 누구와도 사귄 적이 없어. 즉 순진한 반응을 보일 게 틀림없단 소리지."

그들의 큰 목소리에 하야사카는 교과서를 보면서 부끄러운 듯이 고개를 숙였다.

"거기 남자들. 아카네로 이상한 망상하지 마."

근처에 있던 여학생이 말했다. 아카네는 하야사카의 이름이다.

"그런 얘기엔 내성이 없다고!"

이윽고 수업 종이 울려 모두가 자기 자리로 돌아갔다. 남학생들은 하야사카를 아쉽다는 듯이 바라봤고 여학생들은 하야사카를 지키고자 그들을 위협했다.

그런 소란 속에서 문득 하야사카와 눈이 맞았다. 하야사카는 재빨리 교과서를 올려 얼굴을 가렸다. 그러나 슬금슬금 교과서를 내려 모습을 살피듯이 이쪽을 바라보았다.

'너무 빤히 보면 주변에 들켜.'

그런 표정이었다.

볼이 살짝 붉었다.

말을 걸고 싶기도 했지만 나는 시선을 칠판으로 돌려 수업을 준비했다.

나와 하야사카의 관계는 주변에 비밀이었다.

점심시간이 되어서도 상황은 변함없었다.

나는 혼자서 도시락을 먹었고 하야사카에겐 옆자리에 앉은 남학생이 말을 걸었다.

아까 선생님이 설명했던 진로 희망 조사에 대해서였다.

"하야사카는 문과야? 이과야?"

"저기…….."

"문학부 같은 게 어울리겠다. 캠퍼스 벤치에서 소설을 읽는 문학소녀!"

그 대화에 다른 같은 반 학생들도 가세했다.

"영문과도 괜찮겠는데? 영잘알이 돼서 통역가나 승무원이 되는 건 어때?"

"당연히 가정학부로 가야지!"

주변이 들끓는 와중 하야사카가 조심스레 말했다.

"……이과야."

순간 모두가 "어?"하는 표정을 지었다. 그것은 하야사카의 이미지와 동떨어진 것이었다.

"아아, 그렇구나!"

눈치 좋은 녀석이 말했다.

"간호사! 백의의 천사라~ 하야사카에게 딱이야. 간호받고 싶어!"

그렇게 그 자리는 수습됐다.

하야사카가 몰래 내 쪽을 보고 힘없이 웃었다.

마치 기호 같다, 그렇게 생각했다.

성실함, 청순함, 귀여움만을 바라는 패션 아이콘.

하야사카가 이미지 그대로의 여학생인 것은 사실이었다.

수업 중엔 열심히 필기를 했고 시험 범위를 잊어먹은 같은 반 학생에겐 메모를 적어 건네주었다. 당번이 아니더라도 선생님을 도와 자료를 옮겼다. 운동은 못하는 편이었지만, 체육 시간에는 몇 번이나 발을 부딪치면서도 열심히 허들을 넘었다.

진로도 폭신폭신한 동물을 줄곧 만지고 싶다는 이유로 수의학부 진학을 희망하니, 본래의 이미지에서 그리 벗어난 것도 아니었다.

다들 그런 하야사카를 무척 좋아했다.

하지만 가끔 그 호의가 귀여운 인형을 대하는 것과 똑같이 느껴졌다.

그저 하야사카를 기호로만 바라보는 것이다.

그래서 오늘 하야사카의 상태가 평소와 다르다는 사실을 다들 눈치채지 못했다.

나는 그것이 걱정되어, 그냥 보고만 있기 힘들어서 자리에서 일어나 하야사카의 자리로 향했다.

"어, 어?"

교실에서 말을 건 적이 없었기에 하야사카가 당황스러운 목소리를 높였다.

하지만 나는 정말로 우연히 지나가는 척하며 말했다.

"하야사카, 얼굴이 빨간데?"

그제야 다른 사람들도 하야사카가 오늘 줄곧 몸 상태가 좋지 않아 보인다는 사실을 깨달았다.

하야사카도 너무 무리했다. 어제 자기 입으로도 말하지 않았는가.

"열 있는 거 아냐?"

5교시가 시작되기 직전에 나는 교실을 빠져나왔다.

창문으로 조퇴해 돌아가는 하야사카가 보였기 때문이다.

교문을 나와 얼마 가다 보니 비틀거리며 걸어가는 하야사카를 따라잡을 수 있었다.

"키리시마, 왜 왔어?!"

"집까지 바래다줄게. 가방 줘."

"……미안해, 폐 끼쳤지."

"하야사카는 너무 열심히 해서 그래."

"……응. 그래도 있지, 다른 사람들 앞에선 무심코 착한 아이처럼 행동하게 돼."

하지만 사실은 그렇지 않거든 하고 하야사카가 말했다.

"모두가 생각하는 것보다 훨씬, 훨씬 더 못됐어."

하야사카가 지금 당장에라도 쓰러질 것 같아 나는 무심코 그녀의 손을 쥐었다.

"키리시마?"

붙잡은 손을 바라보며 하야사카가 눈을 동그랗게 떴다.

"……이건 저기, 그래. 단순 접촉 효과를 시험해보려고 한 거라 해야 하나 뭐라 해야 하나."

"응. 그래서 효과는 있어?"

"잘 모르겠어. 몸이 뜨거워지는데? 왠지 나까지 열이 있는 것 같아……."

"난 이거 꽤 마음에 드나 봐."

하야사카는 손을 쥔 채 내게 몸을 기댔다.

"효과, 있는 것 같아."

전해져오는 체중과 열.

한쪽 몸으로 하야사카의 존재를 느꼈다. 이미지나 아이콘 같은 것이 아니었다.

"다들 내가 이런 짓을 하고 있단 걸 알면 깜짝 놀라겠지……."

"스캔들감이야."

하야사카는 지금 교실에선 절대 보여주지 않는 한껏 어리광을 부리는 표정을 짓고 있었다.

"나 있지, 전부터 키리시마를 만지고 싶었어."

그렇게 말하며 달아오른 얼굴 그대로 기쁜 듯이 달라붙어 왔다. 내 감촉을 즐기듯이 쥐고 있는 손에 힘을 주었다 풀기도 했다.

"계속 열 오른 채로 있을까 봐."

"왜?"

"키리시마가 다정하게 대해주니까."

하야사카는 필요 이상으로 찰싹 달라붙어 얼굴과 몸을 내게 들이밀었다.

"일부러 이러는 거지."

"다 나으면 나쁜 짓 훨씬 더 많이 하자."

"이보세요."

"그치만 난 착한 아이가 아닌걸."

여름 감기에 걸린 하야사카를 껴안듯이 집까지 배웅했다. 그녀는 몸이 무척 안 좋아 보였지만 "에헤헤." 하고 만족스럽게 웃었다.

옆에서 보면 귀여운 여자아이와 무언가 실수로 인해 사귀게 된 변변찮은 남자친구처럼 보이리라. 나와 하야사카가 애인인 것은 사실이니 그 또한 사실이었다.

하지만 우리에겐 남들에게 말 못할 비밀이 있었다.

내게는 달리 좋아하는 사람이 있었고 하야사카는 두 번째였다.

하야사카에게도 달리 좋아하는 사람이 있었고 나는 두 번째였다. 다시 말해———.

우리는 서로 첫 번째로 좋아하는 사람이 있는데도 불구하고 두 번째끼리 사귀고 있었다.

제1화 두 번째와 첫 번째

미스터리 연구부의 부실은 구교사 2층의 가장 끝에 있었다.

옛날에는 손님 맞이방으로 이용해서 전기 포트와 냉장고, 에어컨에 소파, 테이블까지 있어 무척 쾌적한 공간이었다. 옆 교실인 제2 음악실에서는 방과 후가 되면 항상 피아노 소리가 들려왔다. 개인적으로 연습에 사용하는 학생이 있는 것이다.

"우리 학교에서 말야, 인기 있는 여자 하면 누굴까?"

학생회장인 마키 쇼타가 말했다.

방과 후, 부실에서 있었던 일이다. 내가 평소처럼 소파에 늘어져 옆 교실에서 들려오는 피아노 소리에 귀를 기울이고 있는데 갑자기 부실로 들어왔다.

입학 초, 폐부 직전이던 미스연의 존재를 알려준 것이 이 남자였다. 덕분에 현재, 2학년 여름이 되기까지 이 부실을 혼자서 쓰며 나름대로 편안한 고등학교 생활을 보내고 있었다.

"인기 하면 역시 타치바나 히카리랑 하야사카 아카네 투톱이 겠지?"

"그렇겠지."

"키리시마는 누가 좋아?"

"오랜만에 놀러 왔다 싶더라니, 갑자기 던지네."

"키리시마는 아마 타치바나였지?"

그렇다. 과거에 나는 이 남자에게 좋아하는 여자에 대해 말한 적이 있었다.

가장 좋아하는 것은 타치바나, 그리고 두 번째로 좋아하는 것은 부끄럼쟁이 하야사카.

맞잡았던 손의 감촉이 아직 기억에 있었다.

"키리시마는 슈퍼카를 좋아하는 타입이지. 페라리나 람보르기니 같은 초하이스펙 머신."

"뭐야, 그게."

"뭐냐니, 타치바나 히카리가 딱 그거잖냐. 하얀 피부에 초절미인. 감정 표현도 전혀 없고."

긴 머리에 큰 키, 날씬한 모델 체형, 말이 없고 무표정하며 혼자 있을 때가 많았고 그녀 주변만 온도가 낮은 것처럼 느껴졌다.

다가가고 싶어도 너무 고급스러운 느낌이 들었다.

"반대로 하야사카는 품질 좋은 국산차지."

"무례한 녀석일세."

"아니, 결혼한다면 하야사카가 최고라니까. 가정적인 분위기에 엄청 청순하잖아. 모범생 그 자체야. 바람도 절대 안 피울 것 같아. 고백한 사람 수만 따지면 타치바나보다 많을걸."

"그런 세간의 이미지로만 평가하는 건 좋은 말은 못 해주겠는데."

하야사카는 살가워서 상대가 누구든 호감을 샀다.

어깨까지 내려오는 머리에 키가 작았고 사람들 가운데서 언제나 살짝 곤란한 듯이 웃었다.

그러나 소극적인 태도와는 반대로 숨겨진 특징은, 마키의 저질스러운 표현을 빌리자면 '이성이 2초 만에 날아가 버릴법한 몸매'였다. 즉 가슴과 치마로 시선이 쏠리는 여자아이였다.

"본인에겐 절대 말 못하겠지만 말야."

"왜 못하는데."

"그야 야한 눈으로 보고 있단 걸 알면 그것만으로도 미움 살 거 아냐."

"이미 들켰을 것 같은데?"

"그럴 리가 있나. 그 하야사카가? 걘 걔대로 절벽에 피어난 꽃이야."

청초함과 성실함, 결벽이란 아이콘.

아무리 외모가 좋아도 아무리 인기가 많아도 누구와도 사귀지 않으며 언제까지나 순백으로 남아있을 것을 기대받는다.

하지만 나는 하야사카가 말한 것을 떠올렸다.

'나, 전혀 착하지 않아.'

하야사카는 속으론 주변에서 부여한 이미지를 갑갑하다고 느끼고 있었다.

"야, 마키. 생각해 봤는데 하야사카는 사실 꽤 평범한 여자애가 아닐까?"

친한 남자와는 손도 잡아보고 싶어 한다든가, 말이다.

마키의 말을 빌리면 슈퍼카 같은 타치바나도 마찬가지일지 모른다.

　그런 생각을 하고 있자 옆 음악실에서 들려오던 피아노 소리가 곡조를 바꿨다.

　"신경 쓰이는 그 아이는 의외로 평범하다고?"

　"이미지가 너무 앞질러 가는 경우도 있잖아."

　"그야 그렇지. 근데 그런 갭이 있다 해도 우리로선 알 도리가 없잖냐. 그야말로 사귀는 사이가 아니면야."

　그래도 그 두 사람은 인기가 너무 많아서 사귀는 건 난이도가 높을 것 같아, 그렇게 마키가 말했다.

　"키리시마는 어때. 절찬 짝사랑 중인 타치바나랑 사귀게 될 가능성은?"

　"전혀 없지. 그래도 그게 괴롭다고 생각한 적도 없어."

　"왜?"

　"첫 번째로 좋아하는 사람과 사귈 수 없는 건 당연한 거니까."

　잘 생각해봐, 하고 내가 말했다.

　"수많은 사람의 호감을 산 사람이 있다 치자. 유명하고 인기가 많지. 그런데 그 사람과 사귈 수 있는 건 단 한 사람뿐이야. 그렇단 건 그 사람을 제외한 모두가 실연당한단 거잖아. 그러니까——."

　실연당한 사람은 새로운 사랑을 찾을 수밖에 없다. 그것이 두 번째, 세 번째 사랑인 것이다. 첫 번째가 아니다.

　"우리는 타협해서 사랑할 수밖에 없어."

　"비뚤어졌어요."

"그냥 현실적인 거야."

순애 따윈 환상이다. 현실의 우리는 자신을 속이고 남을 속이며 사랑을 한다.

"연애 르상티망……."

"그보다 일부러 그런 연애 얘기나 하려고 여기 온 거야?"

아냐 아냐 하며 마키는 손사래를 쳤다.

"노자키 노래방 기획에 꼬시러 온 거야."

"아아, 그거. 근데 난 노래 못 부르는데."

"뭐 어떠냐. 우리는 어차피 곁다리인데. 그 녀석 필사적이니까 도와주자고."

"그러지 뭐."

나는 적당히 대답하고 벽에 걸린 시계를 바라보고 말했다.

"그럼 볼일이 있으니까 슬슬 갈게."

"뭐야, 끝까지 안 듣고 가게?"

마키가 옆 음악실을 손가락으로 가리켰다. 오늘도 피아노 소리가 들려왔다. 그러나.

"감기 걸린 친구 병문안을 가야 하거든."

"의리 있네."

그나저나 하고 마키가 말했다.

"키리시마는 그거 같다, 미국 소설. 좋아하는 여자가 사는 저택 불빛을 호수 건너에서 술을 마시며 바라보는 그거."

"더 그레이트 개츠비."

"맞아, 그거."

번역명은 '위대한 개츠비'. 스콧 피츠제럴드가 쓴 소설로 이렇게 말하면 좋아하는 사람은 화를 낼지 모르나 주인공인 개츠비가 가장 좋아하는 여자와 사귀지 못한 채 청승맞게 술을 마시는 이야기이다.

"나는 제이 개츠비만큼 감성적이지 않아."

"그래도 매일 벽 너머로 좋아하는 여자가 치는 피아노 소리를 듣고 있잖아."

그랬다.

옆 교실에서 피아노 연습을 하는 사람은 그 타치바나였다.

내가 첫 번째로 좋아하는, 어딘가 무기질적이고 감정 표현이 적은 여자아이.

"말해두겠는데 이 방을 쓰기 시작한 건 내가 먼저야."

"뭔가 있을지도 모른다고 기대한 건 아니고?"

"그럴 리가 있겠냐."

그야 뭐 하고 마키가 말했다.

"타치바나는 안 되겠지."

"이미 남친이 있으니까."

◇

나는 하야사카를 두 번째로 좋아한다.

하야사카도 나를 두 번째로 좋아한다.

여름 초입, 서로를 두 번째로 좋아한다는 사실을 알고서 우리는 두 번째끼리 연인이 되었다. 좋아하는 순서가 두 번째라는 사실을 제외하면 평범한 연인과 다를 바 없었다.

생각해 보면 두 번째로 좋아한다는 감정은 그리 가벼운 것이 아니다.

고시엔에 빗대면 준우승, *대부호에 빗대면 숫자 2 카드이니 엄청나게 강한 것이다.

그래서 나는 하야사카와 손을 잡기만 해도 가슴이 설레었고 감기에 걸리면 걱정이 되어 병문안을 가기도 했다.

"멀리까지 오게 해서 미안해."

주택가에 있는 아파트, 그 현관을 열고서 마중 나온 것은 하야사카 본인이었다.

"누워있지 않아도 괜찮겠어?"

"지금 가족들 없거든."

"어?"

"들어왔다 가."

하야사카가 너무나도 자연스럽게 당연하다는 듯이 등을 돌리고 안으로 들어가려 해서 나도 무심코 집안에 들어섰다. 신발을 벗자 순간 현기증이 돌았다. 다른 집 냄새가 났다.

하야사카는 한기가 도는지 잠옷 위에 카디건을 걸쳤다. 사이즈가 딱 맞아서 그런지 드러난 몸의 라인이 강조되어 무척 선정적으로 보였다.

---

*대부호 : 기본적으로 숫자 2가 가장 강한 카드 게임의 일종.

지금 가족들 없거든.

방금 하야사카가 한 말이 떠올랐다. 뒤에서 껴안으면 어떻게 될까? 그런 생각이 들 것만 같아 나는 황급히 부정했다. 하야사카는 감기에 걸렸다. 그런 짓은 해선 안 된다.

두리번거리는 것도 무례한 것 같아 나는 발가락 끝에 시선을 고정한 채 복도를 걸었다.

"여기가 내 방이야."

하야사카의 방으로 안내받았다. 정갈한 방을 보니 가정 교육을 잘 받았다는 사실을 알 수 있었다. 책상 위에 놓인 컬러풀한 필통과 샤프에서 무척 여자아이다운 감성이 느껴졌다.

"괜찮으면 이거, 마실 거리랑 요구르트."

"고마워. 거기 좌식 의자에 앉아."

잠옷 차림의 하야사카는 털퍼덕 바닥에 앉아 이온음료를 반 정도 마셨다. 아직 열이 있는지 얼굴이 붉었다.

"미안해, 어째 멋대로 찾아온 것처럼 됐네. 금방 갈게."

"아니야, 키리시마가 와줘서 기뻐. 더 얘기하고 싶어."

"그래도 몸에 안 좋을 것 같은데."

"그럼 난 누워있을게, 아직 가지 말고 얘기하자."

하야사카는 침대에 옆으로 누워 이불을 덮었다. 나는 오늘 학교에서 일어난 일을 두서없이 얘기했고 하야사카는 즐거운 듯이 웃었다. 방과 후 마키와의 대화 내용은 거의 덮어두고 그냥 노래방 모임에 초대받은 사실만을 말하던 때였다.

"그거, 나도 가."

"어?"

노자키의 노래방 기획. 그것은 노자키란 같은 반 학생이 좋아하는 여자에게 대시할 용기가 없어서, 그렇다면 여럿이서 놀다가 점점 친해지자는 취지로 기획된 것이다. 내가 할 말은 아니지만 제법 에두른 방법이었다.

아마 상대는 도서 위원 여학생이었을 터.

"왜 하야사카가?"

"나한테도 연락이 왔거든. 인원이 꽤 많아졌더라. 키리시마가 온단 걸 몰라서 감기가 나으면 가겠다고 대답해버렸어."

"마키 녀석, 되는대로 사람을 모았구만."

"제대로 남인 척해야겠지?"

"그러게. 하야사카랑 사이가 좋으면 다른 남자들한테 멍석말이 당할 거야."

"그게 아니라. 이거."

하야사카가 스마트폰의 화면을 보여주었다. 노래방 모임의 단체 채팅방이 벌써 만들어져있었다. 그곳에 늘어선 프로필 사진 중 하나를 손가락으로 가리켰다.

"곰? 이거 어디 지역 마스코트였지?"

"누군지 몰라?"

"아는 사람 중에 곰처럼 생긴 사람은 없는데."

"프사랑 다르게 무척 예쁜 사람이야. 엄청 고급스럽고 특별한 느낌의 여자애."

"설마."

"응, 맞아. 이 프사, 타치바나야. 온다나 봐."

하야사카는 내 얼굴을 보고 평소처럼 곤란한 듯이 웃으며 말했다.

"뭔가 도와주는 게 좋을까? 키리시마가 타치바나랑 친해질 수 있게."

"그런 거 안 해도 돼."

우리는 연습을 위해 사귀는 사이도 아닐뿐더러 상대를 누군가의 대신으로 삼은 것도 아니었다.

제대로 된 연인 사이였다. 그저 서로 첫 번째로 좋아하는 사람이 있다는 사실을 자각하고 있을 뿐이었다.

1지망은 힘드니 2지망을 안전하게 지원했다.

연애를 수험처럼 다루는 것에 비판적인 사람도 있을 것이다.

그러니 우리는 조금 불건전했다.

"다행이다. 나 키리시마를 좋아하는 마음은 진짜거든. 그래서 도와달란 말을 들으면 조금 힘들었을 거야."

열이 올라서 그런지 하야사카는 말이 조금 직설적이었다.

거기서 대화가 끊겼다. 대화 거리가 사라지고 말았다.

여자 방에 단둘뿐, 집에는 달리 아무도 없었다. 무척 조용해 탁상시계의 시계 침이 움직이는 소리가 들려왔다. 나는 이상한 생각이 들기 전에 "그럼, 이만 갈게."하고 자리에서 일어서려 했다.

그러나 그 전에 하야사카가 입을 열었다.

"있잖아, 키리시마, 이리로 와."

하야사카는 이불을 들치며 말했다.

"단순 접촉 효과, 시험해보자."

어제 손을 잡은 것이 무척 마음에 들었나 보다. 백 보 양보해 손을 잡는 것까진 좋았다.

"그런데 하야사카, 그러면 옆에 같이 눕게 될 것 같은데⋯⋯."

"그런데?"

정색하고 말하는 것이 무서웠다.

"나, 손잡고 싶어. 같이 이불 덮자."

일시적으로 이성을 잃었을 뿐인지, 이것이 청순, 청초한 이미지 아래에 숨겨진 하야사카의 본래 모습인지 알 수 없었다. 정답이야 뭐든 간에──.

"열이 꽤 높은가 보다. 정상적인 판단이 전혀 안 되잖아."

"그런 거 아냐."

"아니, 사람은 열이 오르면 사고력이 떨어져. 뇌의 전두엽이 기능하지 않게 되거든."

"아, 또 핑계 댄다."

"게다가 같이 눕지 않더라도 내가 이불 밖에서 손을 잡아줄 수도 있어."

"안 좋은 버릇이라니까~. 자꾸 그러는 거."

하야사카는 토라진 표정을 지었다. 그러나 조금 즐기는 것처럼도 보였다.

"키리시마는 나랑 같은 이불에 들어오기 싫어?"

"싫진 않은데, 손만 잡고 끝나지 않을지도 모르잖아."

"나…… 그래도 돼."

"하야사카, 냉정하게 생각해. 일에는 순서란 게——."

"순서는 세간 사람들이 정해놓은 연애에 대한 이미지잖아? 착한 어린이는 제대로 순서를 지켜서 연애합시다, 같은 거. 키리시마가 말했잖아, 그런 이미지에 얽매이지 않는 사랑을 하자고."

그랬다.

우리는 항상 무언가의 이미지에 사로잡혀있다. 사람은 꿈을 가져야 한다. 친구는 많을수록 좋다. 무언가에 푹 빠진 사람은 멋지다. 한결같은 사랑은 아름답다. 그런 이미지에 자신을 꿰맞추려다가 그럴 수 없어서 고통스러워한다.

하야사카에 이르러선 주변이 바라는 이미지에 칭칭 얽매여있었다.

그래서 연애 정도는 그런 세간의 가치관과 이미지를 빌리지 않고 서투르지만 우리 나름의 방식대로 해나갈 것을 결심했다.

"있지, 키리시마. 난, 키리시마 앞에선 착한 아이가 아니라도 상관없지? 청초한 하야사카가 아니라도 상관없지?"

이불을 들치고 날 기다리는 하야사카의 표정은 묘하게 요염했다.

"그러면 같이 이불에 들어와서 손을 잡는 것 정도는 해줬음 좋겠어."

"……그래."

나도 여자 방에 들어가 아무런 기대도 하지 않던 것은 아니었다. 함께 이불에 들어가 손을 잡는 정도야 괜찮겠지.

결심을 굳히고 침대로 다가갔다.

하야사카는 열 때문인지 땀을 좀 흘려서 그 축축한 공기와 열기가 전해져왔다.

기대에 찬 촉촉한 눈망울과 피부에 달라붙은 잠옷.

"아니, 아무리 그래도 이러면 안 되지!"

나는 제정신으로 돌아와 침대에서 멀어졌다. 자칫 분위기에 휩쓸릴 뻔했다.

"어휴! 조금만 더 했음 됐는데."

아쉬워 보이는 하야사카. 그래도 전혀 포기하지 않고 곧 무언가 떠오른 듯한 표정을 짓고는 수상쩍게 웃으며 말했다.

"그럼 있지, 연습이라고 생각하면 되잖아."

"연습?"

"언젠가 타치바나랑 같은 이불에 들어갔을 때를 대비해서, 두 번째인 나로 연습하는 거야."

"아니, 그렇게 생각하면 하야사카한테 미안하잖아."

우리는 두 번째끼리 사귀고 있었지만, 그 전제는 제대로 좋아한다는 감정에 있었으며 첫 번째 사랑이 이루어지지 않을 것이란 쓸쓸함을 메우기 위해 사귀고 있는 것이 아니었다. 하지만——.

"입으론 그렇게 말해도 역시 그런 부분이 있어."

하야사카가 말했다.

"그러니까, 나로 연습해도 돼. 아니면 연습도 안 될 만큼 난 매력이 없어?"

"그런 건 아닌데……."

내가 머뭇거리고 있자 하야사카가 박차를 가했다.

"왠지 몸이 쌀쌀한 것 같아."

"어서 이불 덮어."

"이러다 감기 심해지겠다."

"덮으래도."

"내가 죽으면 무덤 앞에서 울어줘야 돼."

"너무하네, 정말!"

이대로 가다간 정말로 이불을 들친 채 그대로 있을 것 같아 나는 이번에야말로 결심을 굳히고 침대에 무릎을 올렸다.

"손만 잡을 거야."

"응, 손만 잡을게. 약속해."

조심조심 이불 속으로 들어갔다. 하야사카의 얼굴이 기뻐 보였다.

내가 옆에 눕자 하야사카가 이불을 덮었다.

"그렇게 떨어질 필요 없는데."

"하야사카, 손 이리 줘."

"자."

그러나 좀처럼 이불 속에서 하야사카의 손을 찾을 수 없었다. 그러는 사이 무언가 부드러운 것의 틈새로 내 손끝이 들어가고 말았다.

"햐악!"

하야사카가 달콤한 비명을 질렀다.

나는 "미안!"하고 서둘러 손을 뺐다. 팽팽하게 당겨진 천과 그 아래 있던 부드러운 감촉이 손가락 끝에 남아있었다. 아마 허벅지 사이로 들어갔을 것이다.

"키리시마…… 엄청 적극적이다."

하야사카는 수줍은 표정으로 그런 소릴 했다.

"그런 거 아니야, 그냥 손만 잡으려고 한 거야."

"그럼, 어서 잡자."

"어디에 손이 있는지 모르겠다니까."

"여기야, 여기."

나는 손을 찾고자 몸을 비틀어 하야사카에게 다가갔다. 그 순간.

하야사카는 손을 잡는다든가 하는 그런 것을 전부 무시하고 감정에 몸을 맡긴 채 찰싹 달라붙어 왔다.

"손만 잡자며?!"

"몰라, 그런 거."

달라붙은 하야사카의 몸은 부드럽고 뜨거웠으며 땀으로 조금 젖어 있었다.

"에헤헤, 키리시마 냄새가 나."

가슴에 닿는 하야사카의 숨결에 내 피부가 달아올랐다.

"나 있지, 줄곧 이런 거 해보고 싶었어."

촉촉한 표정에 내 교복 셔츠를 붙잡은 손도 왠지 절실했다.

"키리시마는 나랑 껴안기 싫어?"

"그런 건 아닌데."

나는 양손을 들고 있었다.

"지금 껴안았다간 어떻게 돼버릴 것 같아."

"그래도 돼."

하야사카는 완전히 스위치가 켜졌다.

"타치바나가 노래방에 온단 걸 알았을 때 키리시마, 조금 기뻐 보였어."

"……미안해."

"괜찮아. 그야 타치바나는 예쁘니까. 거기다 첫 번째 여자고. 그래도 있지, 내가 이기는 부분도 있어."

"뭔데?"

"몸."

그렇게 말하며 더욱 강하게 날 옭아맸다.

"잠깐만?!"

하야사카는 허벅지 사이에 내 다리를 끼었다. 잠옷이라 가슴에 브래지어도 차지 않았는데 아무런 주저 없이 몸을 밀어붙여 나는 어찌해야 할지 알 수가 없었다.

"키리시마는 남친이니까 나한테 뭐든지 해도 돼. 난 다 좋아."

그런, 굉장한 소릴 했다.

"후후. 오늘 나, 전혀 착한 아이가 아니네."

그렇게 말하는 하야사카는 조금 기뻐 보였다.

"그래도 괜찮겠지? 학교에서도 집에서도 엄청 착하게 있으니까. 그거 알아? 내가 조금 화려한 옷을 입거나 지금 같은 행동을 하면 다들 무척 실망해."

실망할 뿐이랴, 화를 내는 녀석도 있다. 이미지가 무너지길 바라지 않으니까.

"키리시마 앞에서만큼은 착한 아이가 아니라도 상관없지?"

"………응."

"그럼 같이 나쁜 짓 하자."

서서히 꼬임에 넘어가 나는 하야사카의 몸을 껴안고 말았다.

머리의 냄새, 숨결, 그리고 잠옷 너머로 하야사카의 몸을 느꼈다.

한번 시작하니 더는 떨어지고 싶지 않다는 생각마저 들었다.

하야사카는 내 등 뒤로 손을 돌리고, 또 다리까지 걸치며 온몸으로 밀착했다.

"왠지 나, 키리시마 거가 된 것 같아."

"감정에 너무 휩쓸려서 그래."

"더 휩쓸리고 싶어."

뜨거운 숨결이 가슴에 닿았다.

하야사카는 내 감촉을 확인하려는 듯이 껴안은 몸에 힘을 주었다 풀곤 했다.

"있지, 키리시마. 제대로 내 감촉을 기억해줘. 혼자 잘 때 떠올리고 쓸쓸함을 느껴줘. 난 키리시마의 감촉을 기억했거든. 앞으로 매일 밤, 키리시마가 옆에 없어서 쓸쓸할 거야. 당연하지, 이렇게나 기분이 좋은걸."

"……하야사카, 슬슬 그만."

"더, 나쁜 짓 하고 싶어."

하야사카는 날 넘어뜨리고 그 위에 올라탔다. 가슴이 닿은 것

은 아마 일부러일 것이다.

나는 이제 쑥스럽지도, 부끄럽지도 않았다.

껴안은 시점에서 이미 이성이 증발해버렸다.

달리 좋아하는 사람이 있는데도 이런 짓을 하는 것은 바람직하지 않을지 모른다.

나쁜 짓일지 모른다. 하지만 우리는 스스로 선택해 이러한 행동에 나섰다.

그러니 갈 수 있는 데까지 가고 싶었다.

"있지, 키리시마. 내 감기, 옮기고 싶어."

"실은 아까부터 옮는 게 아닐까 싶었지."

"싫어?"

"하야사카한테 옮는 거라면, 싫지 않아."

"그래도 있잖아, 감기는 껴안기만 해도 옮을까? 더 쉽게 옮기는 방법이 있지 않을까? 키리시마는 똑똑하니까 알고 있지?"

하야사카의 들뜬 분위기에 영향을 받아 나는 망설임 없이 답하고 말았다.

"점막 감염."

"그거, 하자."

"괜찮겠어?"

"괜찮아."

그렇게 나와 하야사카는 키스를 했다.

하야사카의 입술은 부드럽고 뜨겁게 젖어 있었다.

입을 떼자 침이 실처럼 늘어졌다.

"나, 좋아하나 봐. 점막 감염. 그런데, 이렇게 하는 거 맞아?"

"잘 몰라."

나도 처음이었다.

"키리시마, 더 하고 싶어."

흐름에 몸을 맡기고 몇 번이나 키스를 했다.

"더, 더 해줘, 더……."

이윽고 하야사카의 혀가 입으로 들어왔다.

하지만 곧 움직임이 멎었다. 다음에 어찌해야 할지 모르는 듯한 그런 망설임이 느껴졌다.

자기가 먼저 시작해놓고 부끄러웠는지 유혹하는 듯한 말과는 반대로 몸을 딱딱하게 굳히고는 눈을 굳게 감았다.

나는 괜찮다고 말하는 것처럼 하야사카의 혀를 상냥하게 핥았다. 그러자 하야사카도 어설프게나마 똑같이 내 혀를 핥기 시작했다.

벽에 부딪히면 그것을 뛰어넘어 우리는 점점 계단 위로 올라갔다.

마치 공중에서 서로 다리를 번갈아 얹으며 올라가는 것 같았다.

하야사카의 혀를 다시 밀어젖히고 이번에는 내가 하야사카의 입으로 들어갔다.

하야사카는 갑갑해 하면서도 날 환영하듯이 혀를 움직였다. 하야사카의 작고 뜨겁게 젖은 입이 부드럽게 밀려들었다.

"키리시마, 침 줘."

서로의 침을 교환했다.

찰박찰박 촉촉한 소리가 들려왔다. 그에 우리는 또 흥분했다.

불건전한 행위는 기분이 좋다.

두 번째끼리 사귀는 우리는 더 엉망진창으로 나쁜 짓을 하고 싶다.

남이 책망할만한, 눈썹을 찌푸릴만한 짓을 하고 싶다.

부도덕하기 짝이 없는 나쁜 아이가 되고 싶다.

솟아오르는 충동에 몸을 맡기니 나는 어느새 하야사카를 깔고 누웠다.

하야사카의 잠옷은 흐트러져 가슴팍이 풀어졌다.

순간 서로를 바라본 뒤, 하야사카가.

"괜찮아."

그렇게 말했다.

이런 것은 아마 여자에게 있어서 무척 용기가 필요할 것이란 생각에 나는 앞서나가려는 감정을 억누르고 어디까지나 신중하게, 상냥하게 잠옷의 단추에 손을 댔다.

하지만 순간, 그래도 하야사카의 표정이 굳어있다는 사실을 깨달았다. 괜찮아, 그렇게는 말했지만 마음의 준비가 아직인 게 아닐까. 그래서 나는 손을 멈추고 몸을 떨어뜨렸다.

"미안, 내가 너무 서둘렀나 봐. 더 배려했어야 했는데, 나도 이런 건 처음이라……."

그게 아냐 하고 하야사카는 어색한 표정을 지었다.

"키리시마 탓이 아냐. 나도, 그런 기분이었어. 그랬는데――."

미안해, 하고 하야사카는 베개로 얼굴을 감추며 사과했다.

"……그만 첫 번째 사람의 얼굴이 떠올라 버렸어."

◇

"너무 앞서나가는 건 좋지 않지."

흐트러진 옷차림을 고치며 하야사카가 말했다.

"우린 달리 좋아하는 사람이 있으니까."

"그러게."

그 뒤로 우리는 냉정함을 되찾고 침대 위에서 자세를 바르게 고쳐 앉았다.

내게 타치바나가 있듯이 하야사카에겐 달리 첫 번째로 좋아하는 사람이 있었다.

두 번째로 좋아한다는 감정도 소중했으나 서로의 첫 번째 사랑에 결론이 나기까지는 일선을 넘는 것에 주저를 느꼈다.

"두 번째라서 그럴까."

하야사카가 말했다.

"엄청 적극적으로 나서게 돼. 첫 번째 사람이 상대라면 더 착한 아이처럼 굴면서 아무것도 못 했을 거야. 그래도 이런 건 좋지 않지. 키리시마에게도 미안하고."

확실히 두 번째라서 주저 없이 대할 수도 있을지 모른다. 그렇기에.

"규칙을 추가하는 게 좋겠다."

우리는 두 번째끼리 사귀기로 했을 때 두 가지 규칙을 정했다.

첫 번째, 우리가 사귄다는 사실을 서로의 첫 번째 상대에게 알려선 안 된다.

두 번째, 누군가 한쪽이 첫 번째와 사귀게 됐을 때 두 사람의 관계는 해소된다.

즉, 첫 번째를 우선하는 것이다.

가장 좋아하는 사람과 사귄다면 더할 나위 없을 테니까.

"어떤 규칙을 추가하게?"

"……키스 다음 행위는 하지 말 것."

"그러게, 그러는 게 좋겠다."

우리는 불건전했지만 서로를 가벼이 여기고 싶은 것도 아니었다.

"그럼, 슬슬 갈게."

"앗, 잠깐만."

돌아갈 채비를 하던 중 하야사카가 스마트폰을 보여주었다. 조금 전 그, 노래방 모임 인원이 모인 그룹 채팅방이었다. 프로필 사진이 하나 늘어났다. 미국 만화의 영웅 캐릭터였다.

"누구 프사야?"

"타치바나 남친. 같이 오나 봐."

"아, 그래."

같은 학년이니, 뭐, 그럴 수도 있겠지.

"키리시마, 갈 수 있겠어?"

이대로 가면 타치바나와 그 남친이 사이좋게 지내는 현장을 목격하게 된다. 하지만.

"전혀 문제없지. 오히려 괜찮아, 기대되는걸."

"그렇게 떨면서 말하면 뭐 해."

어쩐 추웠다. 시야가 일그러졌다. 나도 감기에 걸렸나.

"그날 모임 끝나고 아무도 모르게 합류하자."

뒤에서 하야사카가 껴안아 주었다.

"잔뜩 위로해줄게."

다가온 주말, 노래방에는 제법 많은 인원이 모였다. 이 기획이 노자키의 사랑을 응원하기 위해서란 사실을 아는 사람은 많지 않았다. 많은 이가 그저 즐거운 이벤트라고 여겼다.

점심을 지나 역 앞에 모인 것이 스무 명 정도. 이렇게 많아도 괜찮을지 걱정했지만 마키가 척척 안내해 모두를 파티 룸으로 집어넣었다.

나는 처음엔 아무 생각 없이 자리를 잡았으나 각자가 앉은 자리를 보고서 마키의 옆자리로 이동했다.

"역시 하야사카는 인기가 많네."

자리를 이동해 온 내게 마키가 귓속말을 건넸다.

"거머리들이야."

보아하니 하야사카의 양쪽으로 남자들이 빈틈없이 진을 치고 있었다.

흡사 동아리의 홍일점이었다.

"하야사카, 어떤 노래 불러?"

"사복도 귀엽네."

"마실 기 갖다 줄까?"

앞쪽에서도 말을 걸어와 하야사카는 몸을 움츠렸다.

"……저기 나는, 저기, 그, 그게, 아하하──."

하야사카는 모두의 앞에선 당당하게 나서기 어려워하는 성격이라 그저 웃음으로 맞장구를 치는 게 다였다.

그야말로 인형 취급이었다. 그러나 나는 그렇지 않은 하야사카를 알고 있었다. 손을 잡고 싶어 하는 하야사카, 자기가 먼저 혀를 집어넣는 하야사카, 더 해달라며 조르는 하야사카.

"저 남정네들, 잔뜩 멋 부리고 왔네."

마키가 말했다.

"주역인 노자키보다 눈에 띄는 건 확실하군."

"그런 점에서 키리시마는 장해. 제대로 변변찮게 차려입고 왔으니까."

"……아, 응, 물론이지."

그냥 평소처럼 차려입고 온 건데.

그나저나 하고 마키가 말했다.

"하야사카는 진짜 천사네. 저렇게 흑심이 뻔히 보이는 놈들한테도 착하게 대하잖아."

"의외로 본인은 민폐라고 생각할지도 모르지."

"그래? 빈틈투성이라 이상한 남자가 채가지 않을지 난 그게 걱정이야."

"그렇게 보일 뿐이겠지."

"어라? 어째 정색조네? 혹시 하야사카 옆에 앉고 싶었어?"

"그런 거 아냐."

"그렇지. 키리시마는 역시 저쪽이지."

방안이 소란스러운 와중에도 혼자 자신과는 아무런 상관도 없다는 표정으로 노래방 리모컨을 만지작거리는 여자아이가 있었다.

타치바나였다.

어깨가 드러난 원피스를 자연스럽게 소화했고 자세도 올발랐다.

"아무리 그래도 남자들은 저리론 못 가겠지."

"어떻게 가겠냐."

벽 쪽에 앉은 타치바나의 옆자리에는 남자친구가 있었다. 이가 반짝하고 빛날 듯한 상쾌한 훈남이었고 집도 부자라는 모양이었다. 나름대로 체격도 있었고 안경도 끼지 않았다.

즉 나와는 전혀 다른 타입이었다.

"경호하는 것 같아서 어째 열받네."

"아니, 남친이 옆에 있는 건 당연하지. 부러워서 죽을 것 같긴 해도."

그런 대화를 나누고 있는데 타치바나가 문득 고개를 들었다.

유리 세공품 같은 눈동자와 시선이 맞아 나는 무심코 고개를 숙였다.

"키리시마, 고개는 왜 숙이냐. 망막에 새겨둬야지."

"됐어. 그럴 생각만 들면 언제든 볼 수 있으니까."

"남친 계정 경유잖아."

타치바나의 남자친구는 타치바나의 사진을 SNS에 매일 올렸다. 보안 의식이 부족하다.

"용케 본다니까. 자랑하는 거잖아."

"왜일까. 보면 가슴이 괴로워져. 그래도 매일 보지 않곤 못 배겨."

"비뚤어졌어요."

근데 저 두 사람, 제대로 사귀는 게 맞긴 할까? 하고 마키가 말했다.

"아는 여자애가 말했는데, 저번에 임간 학교 갔었잖아."

밤에 여자들 방에서도 연애담이 펼쳐졌다는 모양이다.

그때 같은 방 아이에게 타치바나가 진지하게 물어봤다고 한다.

" '가슴이 설레면 어떤 느낌이야?' 그랬다는데."

◇

막상 노래들을 부르기 시작하자 제법 괴로운 상황이 펼쳐졌다.

타치바나에게 무심코 시선이 갔다. 남자친구가 불러달라고 요청한 노래를 부르고 남자친구가 노래를 부를 때는 손뼉도 쳤다.

이게 뭐야.

뭐가 즐겁다고 좋아하는 여자의 이런 장면을 봐야 한단 말인가.

타치바나는 변함없이 무표정이었다. 하지만 남친과 단둘이 있을 때는 웃기도 할 것이다.

나는 자포자기한 심정으로 실연 노래를 불렀다.

노래를 부를 때 타치바나는 줄곧 리모컨을 만지작거렸다.

이쪽을 보지도 않았고 손뼉도 치지 않았다.

비참했다. 노래를 다 부르자 모두가 반응하기 곤란한 것처럼 미묘한 표정을 짓고 있었다. 역시나 내 노래 실력은 별로였던 모양이다. 그러던 중 한 여자아이가 머뭇거리면서도 목소리를 높였다.

"나, 난 좋았던 것 같아!"

하야사카였다.

"개성적이랄지, 전위적이랄지. 그런 해석도 가능하구나 하고 납득했어!"

납득하지 말아 주길 바랐다.

그보다도 하야사카가 날 위로해준 것에 주목이 쏠렸다.

'왜 하야사카가 키리시마 편을 들지?'

모두가 그런 의문을 가졌던 모양이다.

하야사카도 그것을 눈치채곤 당황하며 양손을 저었다.

"아니야, 그런 게 아니라. 못 부르는 것도 정도를 넘으니까 그 럴싸하게 들린다는 말이지. 키리시마 노래가 돼지 멱따는 소리 같았던 건 사실이거든?"

그래, 그러면 돼. 하야사카.

우리의 관계를 모두에게 알려선 안 돼. 그런데 돼지 멱따는 소 리는 들어본 적도 없을 거 아냐.

"키리시마, 너도 참 착하다."

마키가 등을 토닥였다.

"일부러 엉망으로 부른 거지?"

"……맞아. 이러면 노자키의 실력이 돋보이겠지. 그래, 전부 일부러야."

말하며 스마트폰을 조작해 하야사카에게 메시지를 보냈다.

'남인 척해도 돼.'

나와 사귄다는 사실이 탄로 나 하야사카의 첫 번째 상대에게 전해지기라도 하면 큰일이다.

메시지를 눈치챈 하야사카는 고개를 들더니 손가락으로 동그라미를 그렸다.

'타치바나도 있으니까.' 하는 답변도 돌아왔다.

모두가 한차례 노래를 마치자 잡담 타임이 시작됐다.

누가 말을 꺼냈는지 차례차례 첫사랑 얘기를 하게 됐다. 분위기를 띄우는 화제로는 정석이었다.

말솜씨가 좋은 한 남자아이가 재미있고 웃긴 에피소드로 토크 실력을 뽐냈다.

차례가 되어 나는 초등학교 시절의 얘기를 시작했다.

"여름방학에 친척 집에서 자고 오게 됐지. 일주일 정도 묵었는데 근처에 사는 여자애랑 친해졌어──."

무척 아름다운 아이여서 내 머릿속은 그 아이 생각으로 가득 찼었다.

즉, 사랑을 한 것이다. 첫사랑이었다.

매일같이 공원에서 함께 놀아 행복했다. 하지만 어느 날, 그 여자아이가 다른 남자아이와 사이좋게 노는 모습을 보고 나는 왠지 가슴이 괴로워져서 말하고 말았다.

"나 말고 다른 남자애랑 친하게 지내지 마."

지금은 그것이 질투란 것을 안다. 하지만 그때는 내 안에서 솟아오르는 감정의 정체를 알 수 없어 제대로 억누르지 못했다.

"그게 싫었던 거겠지. 다음 날부터 그 여자애는 공원에 오지 않게 됐어."

씁쓸한 첫사랑의 실패담. 웃음을 사기에 괜찮은 느낌이라 적당히 먹혔다.

나는 타치바나를 살폈으나 반응도 없었고 표정도 없었다. 특별한 감상은 없었던 모양이다.

몇몇 여자들은 분위기를 띄우려는 의도도 있었는지 농담조로 날 괴롭혔다.

"남자의 질투는 꼴사납다니까~." "싫다~." "소름이야~."

아무렴, 그렇지? 나도 그렇게 생각한다.

그러나 그런 그녀들의 말을 좋게 받아들이지 못하는 여자아이도 있었다.

"⋯⋯⋯안 징그러워."

하야사카였다.

"⋯⋯나도 좋아하는 사람이 다른 사람과 친하게 지내면 질투한단 말야."

또다시 내 편을 들고 말았으나 이번에는 하야사카의 '좋아하는 사람이 다른 사람과 친하게 지내면 질투한단 말야.' 란 말에 주목이 쏠렸다.

"하야사카도 좋아하는 사람이 있어?"

"질투해본 적 있어?"

"나, 하야사카한테 질투받고 싶어!"

남자들의 질문 폭격에 하야사카의 눈이 빙글빙글 돌았다.

"조, 조, 조, 좋아하는 사람? 그, 그런 거, 잘 몰라!"

의도와는 무관하게 청순파 아이돌 같은 대답을 했다.

"야, 남자들, 너무 찝쩍댄다!"

여자들이 목소리를 높였다.

"이제 질문은 더 안 받아요~. 매니저를 통해서 부탁해요~."

그렇게 남자들을 놀리며 시끌시끌 떠들기 시작했다.

그나저나 하야사카, 평소보다 더 덤벙거려서 조금 걱정이다.

나는 다시 스마트폰으로 메시지를 보냈다.

'내 걱정은 안 해도 된다니까!'

스마트폰을 본 하야사카가 '오케이!' 하고 힘차게 손가락으로 동그라미를 그렸다.

이쪽을 향해 반응을 보인 시점에서 내 말을 전혀 이해하지 못했다.

그런 식으로 몰래 대화를 나누고 있는데 갑자기 같은 반 여자가 말을 걸어왔다.

"그러고 보니 키리시마는 미스터리 연구부였지?"

내가 줄곧 조용히 있자 신경을 써준 모양이었다. 그리고 그녀의 오빠는 이 고등학교의 졸업생이자 미스터리 연구부의 OB라고 했다.

"지금이라면 그 첫사랑 여자애도 꼬실 수 있는 거 아냐?"

"왜?"

"그야 미스연엔 그게 있잖아. 사랑의 매뉴얼."

"아아, 연애 노트 말이구나."

과거, 미스연에는 연애를 테마로 미스터리 소설을 쓰려 한 OB가 있었다.

그는 먼저 미스터리의 세 가지 구성요소인 하우, 후, 와이에 주목했다.

어떻게, 누가, 왜 그 범행을 저질렀는가.

이것을 연애에 대입했다.

하우. 어떻게 좋아하게 만들 것인가.

후. 누구를 좋아할 것인가.

와이. 왜 좋아하는 것인가.

그는 연애 미스터리를 쓰고 싶었으나 사춘기 탓인지 단순하게 연애에 관한 연구만을 담은 비법서를 완성시켰다. 그것이 미스연에 대대로 전해 내려오는 연애 노트였다.

"여자애를 꼬시는 법도 적혀 있지?"

연애 노트의 '하우' 항목이었다. 단순 접촉 효과도 거기에 적혀 있었다.

"그보다 우리 오빠가 그러던데 그거 쓴 사람, IQ가 180인 천재래."

"쉽게 믿기 힘든걸."

심리학과 행동 과학에 의거한 연구도 있었지만 바보 같은 내용도 많았다.

"어? 뭔데 그래? 연애 매뉴얼 같은 책이 있다고?"

우리 얘기를 듣던 다른 남자가 대화에 끼어들었다.

"키리시마, 그걸 읽었어? 완전 웃기네."

나와 연애의 조합이 재미있었던 모양이다. 한차례 이야기가 들끓었다.

"매뉴얼을 읽다니, 아무리 그래도 너무 애쓰는 거 아냐?"

"그보다 연구하고 있으면 좀 더 잘생겨져도 될 법한데."

"아니, 책을 읽는데 얼굴이 변하겠냐."

제법 놀림을 받았다. 나도 평소에 말라깽이 안경잡이라며 자학 개그를 하고 다녔으니 이렇게 되는 것은 정해진 일이었다. 모두에게 악의는 없었다.

하지만 내가 꼴사나운 캐릭터로 취급받는 분위기를 별로라 생각하는 여자아이도 한 사람 있었다.

"………하나도 안 그래."

물론, 하야사카였다. 아무래도 내 메시지를 전혀 이해하지 못했던 모양이다.

작게 중얼거렸다 싶던 바로 다음 순간, 평소라면 상상도 못 할 만큼 강한 어조로 말했다.

"키리시마는 전혀 꼴사납지 않아!"

치맛자락을 질끈 붙잡고 있었다.

그러나 방이 침묵에 휩싸인 것을 깨닫고 황급히 변명을 덧붙였다.

"아니, 그게 아니라, 저기, 그게, 그렇게까지 말할 것까진 없다고 해야 하나? 연애에 대해서 진지한 건 성실한 느낌이 들어서 좋고, 게다가 키리시마는 딱히 못생긴 것도 아니고……."

하야사카는 거기서 말문이 막혀 꾸물거린 뒤

"난, 키리시마의 그런 점이 좋은걸……."

그렇게 말했다. 이것은 정말로 위험했다. 하야사카, 너무 당황했어.

당연히 방이 소란스러워졌다.

"어? 지금, 키리시마를 좋아한다고 한 거야?"

"진짜? 거짓말 아니고?"

하야사카가 누구를 좋아하느냐는 남자들의 최대 관심사였다.

'어서 부정해.'

스마트폰을 사용하는 것도 번거로워서 나는 눈으로 호소했다. 하야사카는 기세 좋게 고개를 주억거렸다.

"저기, 아니야. 키리시마를 좋아한다는 건, 캐릭터로서란 의미라……."

하야사카의 말에 여자들이 반응했다.

"어휴, 남자들 진짜 너무 달라붙잖아! 좋아한다고 해도 연애 감정이 없는 좋아한다는 의미일 게 뻔한데. 여배우가 개그맨을 좋아한다고 말하는 거랑 비슷한 거지?"

여자 중 한 명이 물어보는 말에 하야사카는 "아, 응. 그런 거……." 하고 고개를 끄덕였다.

"그치. 키리시마는 성실해 보이는데 분위기도 잘 타서 개그맨 같잖아."

"……응…… 재미있는 것 같아."

"뭐 시켜볼까?"

"어?"

"아카네, 키리시마가 해줬으면 하는 개그 있어?"

"……무슨 소리야."

하야사카가 다시 정색했다. 고개를 숙이고 어두운 눈빛으로 작게 중얼거리기 시작했다.

"다들 진짜, 키리시마를 자꾸 그런 취급하는데…… 난 사실 다들 다 어찌 되든 상관없고 키리시마가 더…… 키리시마만……."

어째 위험한 분위기를 풍기고 있어 엄청난 소리를 입에 담을 것만 같았다.

모두가 평소와 다른 하야사카의 분위기를 눈치채고 어쩔 줄 모르겠다는 표정을 지었다.

이 자리를 수습할 수 있는 건 이제 나밖에 없었다. 그래서——.

"하야사카, 줘!"

나는 미친 듯이 신나게 소리쳤다.

"뭔가 주제를 줘! 나는 지금, 맹렬하게 모두를 웃기고 싶어!"

"뭐, 뭐어?"

하야사카가 당혹스러운 목소리를 높였다.

"키, 키리시마, 그런 캐릭터였어?"

"그래!"

하야사카는 잠시 마음의 갈피를 잡지 못하고 있을 뿐이다. 내가 괴롭힘당하는 것을 보고서, 그것은 단순한 커뮤니케이션이었지만, 하야사카는 자신에게 이미지를 강요하는 주변에 불만이 쌓여있었다. 그렇다 보니 날 위한 것도 포함해 화를 내고 만 것이다.

아무튼, 나는 신나게 분위기를 띄워서 이 자리를 무마하기로 했다.

"그러니까 지금 당장 최고의 주제를 줘!"

"가, 갑자기 그래도——."

하야사카의 눈이 빙글빙글 돌기 시작했다. 하지만 내 분위기에 이끌려 표정이 밝아지고 있었다. 그래, 그러면 돼.

"뭐든 상관없어! 그래도, 조금은 봐주면서 해도 돼!"

이쪽이 본심이었다. 조금 엇나가는 정도야 괜찮았지만, 너무 억지스럽게 던지면 곤란했다.

"으~음, 으~음." 하고 고민하는 하야사카.

내 의도는 전해졌을 텐데 하야사카는 상상 이상으로 허당이었다.

"저기…… 그러면, 랩?"

굉장한 게 나왔군.

내게서 힙합의 요소를 느낀 적이 한 번이라도 있었어?

하야사카는 '어? 뭔가 실수했나? 어라? 어?' 라고 말하는 듯한, 전혀 상황을 따라가지 못하겠다는 표정으로 어쩔 줄 몰라

했다. 아니, 분명 더 무난한 게 있었을 거 아냐.

그래도 이렇게 된 이상 할 수밖에 없었다. 결심을 굳혔다.

"음악 없어도 되지!"

어두워지는 분위기를 느꼈는지 마키가 절묘하게 도우러 들어왔다.

프리 스타일 랩이라. 그래, 그것도 좋지.

나는 스스로 마이크를 손에 쥐고 말했다.

"사나이 솔로 아카펠라 승부, 내 이름은 키리시마 내 노래를 들어봐."

투, 투, 마이크 체크, 마이크 체크, Ah, Ah.

"그 애가 좋아하는 건 존잘남, 그렇겐 될 수 없는 난 존노잼, 같은 소리만 하는, 노잼남일 줄 알까 봐 조마조마해. 괴로운 그 사랑, 말 없는 그 사람, 웃겨보려 그 손에 그러쥔 마이크로폰!"

모두가 이에 올라탔다.

"안경 랩!"

"신났네."

"쓸데없이 잘해!"

방 전체에 즐거운 분위기가 피어났다.

다들 하야사카가 날 좋아한다고 한 말과 감싸준 사실을 신경 쓰지 않게 될 것이다.

하야사카의 첫 번째 사랑을 위해서도 이러는 것이 옳았다.

나는 마무리로 어려운 곡을 노래방 기계에 입력해 엉망으로 불러 젖혔다.

노래를 마친 뒤에 모두가 빠짐없이 놀려주면 모든 것은 원상 복귀될 것이다.

모두 자신이 저지른 짓이었다.

그러나 노래를 부르던 중 타치바나가 시야에 들어와 조금 슬퍼졌다.

가장 좋아하는 여자아이 앞에서 줄곧 광대 짓을 벌이고 있자니 좀 힘겨웠다.

타치바나는 평소처럼 무표정으로 이쪽을 바라보고 있었다. 감정은 읽어낼 수 없었으나 멋있다고 생각할 리도 없었다. 슬슬 누군가 제지해주지는 않을까. 그렇게, 생각했다.

적어도 웃어주진 않을까.

아니, 아니다.

내가 타치바나에게 받고 싶은 것은 그런 감정이 아니다.

내가 타치바나를 생각하는 것처럼 타치바나도 날 생각해주길 바랐다.

무심코 역에서 뒷모습을 찾거나 학교 연결 통로에서 저도 모르게 시선으로 좇거나 밤에 잠들기 전에 가슴이 괴로워졌으면 좋겠다. 지금 있는 이곳은 그런 감정에서 너무나 멀었다.

그래도 뭐, 어차피 타치바나에겐 남자친구가 있고, 아예 지금은 그 남자친구가 옆자리에 있잖아? 게다가 이런 상황에서 이제 와서 멋있고 꼴사나운 게 무슨 상관이람.

그렇게 마음을 굳히고 분위기를 띄우는 역할에 철저히 임하려 했을 때였다.

누군가 반주 중지 버튼을 눌렀다.

하야사카, 또 저질렀구나——.

그렇게 생각하며 새로 도와줄 방법을 생각하려 했다.

그러나 반주 중지 버튼을 누른 것은 하야사카가 아니었다. 더 의외의 인물이었다.

대화에 끼지도 않고 무슨 일에도 무관심한 얼굴로 일관하던 ——.

타치바나 히카리였다.

◇

"이런 분위기 별로야."

타치바나가 단호하게 말했다.

특별한 분위기를 지닌 여자아이가 한 말이었기에 방은 조용해졌고 모두가 그녀의 다음 말을 기다렸다.

타치바나는 이제 자신의 할 일은 끝났다는 양 멜론 소다에 입을 대려 했다.

그러나 계속 아무도 말을 하려 하지 않아 타치바나는 마지막으로 한마디를 더했다.

"별로인 사람도 있으니까, 그만하는 게 좋을걸."

타치바나는 그게 누구인지 지칭하지도 않고 그대로 그 화제를 흘려보내려 했다.

그러나 모두가 마음속 어딘가에서 느끼고 있었는지 일제히 하야사카를 바라보고 말했다.

하야사카는 어두운 얼굴로 축 가라앉아있었다.

큰일이다. 그렇게 생각했다. 나는 그저 이 자리를 무마할 생각에 하야사카를 보고 있지 않았다. 그리고 하야사카는 내가 광대역으로 돌아선 것 자체가 불만이었다.

"왠지, 미안해."

하야사카는 시선이 쏠린 것을 느끼고 얼버무리려는 듯한 표정으로 황급히 말했다.

"조금 불편했다고 해야 하나, 뭐라고 해야 하나……."

평소처럼 붙임성 있는 웃음을 지으려 했으나 오래 이어지지 못했다. 다시 어두운 얼굴로 돌아가 버렸다.

결국에는 앞머리를 붙잡고 표정을 가렸다.

"왠지, 안 되겠다, 나. 감기가 아직 다 안 나았나 봐. 오늘은 이만 돌아갈게."

가방을 들고 일어서서 출구 손잡이를 붙잡았다.

"타치바나, 미안해. 신경 쓰게 해서."

고개를 숙인 채 그 말만 남기고 그대로 방을 빠져나가 버렸다.

다들 놀라서 어쩔 줄을 몰랐다.

"왠지 하야사카, 오늘 줄곧 키리시마 편을 들지 않았어?"

하야사카의 옆자리에 앉아있던 남자가 충격을 받은 듯한 모습으로 말했다.

"꼭 키리시마를 좋아하는 것 같지 않았냐?"

"아닌 것 같은데."

내가 말했다.

"하야사카는 착하니까, 자기도 모르게 그런 소릴 한 거야."

그렇구나, 하야사카는 천사니까.

누가 안 좋은 소릴 들으면 좋게 말해주고 싶어지는 법이지.

남자들은 각자 납득하고 가슴을 쓸어내렸다.

"여동생한테 전화 왔네."

나는 그렇게 변명을 남기고 방을 나섰다. 마지막으로 딱 한 번, 방 안을 돌아보았다.

타치바나는 아무 일도 없었다는 듯한 얼굴로 노래방 리모컨을 만지작거리고 있었다.

노을 진 거리, 하야사카는 대로에서 조금 안쪽으로 들어간 뒷골목을 걷고 있었다.

"미안해."

뒤따라온 날 보자마자 하야사카가 고개를 숙였다.

"뭔가, 제대로 대처를 못 하겠더라."

그리고는 표정을 감추듯이 앞머리를 눌렀다.

"농담인 건 알았지만 키리시마를 함부로 취급하는 게 싫었어. 민폐였어?"

"전혀. 난 기뻤어."

"그래도 날 쫓아온 건 실수야. 타치바나가 보기에 키리시마가

날 좋아하는 것처럼 보였을걸."

글쎄 어떨까. 애당초 타치바나는 날 보고 있지 않았다. 그리고 ──.

"사실이잖아. 난 하야사카를 좋아해."

"두 번째로 말이지."

"두 번째로 좋아한다는 건, 상당히 좋아한다는 뜻이야."

"그러게."

그렇게 말하고 하야사카는 "아쉽다." 하고 기지개를 켰다.

"내가 키리시마를 도와주고 싶었는데, 전부 타치바나만 좋은 일 시켰네."

"그건 하야사카를 도와준 것처럼 보였는데."

"으응, 아니야. 그건 키리시마를 도와준 거야. 난 알아. 기분 좋았어?"

"설령 그렇다 해도 타치바나는 남친이 있잖아."

내 첫 번째 사랑은 현재 가능성이 없었다.

"그래도 키리시마는 타치바나를 참 좋아하지."

"글쎄."

"노래방에서 계속 타치바나만 보고 있었잖아."

"기억에 없는걸."

"얼버무리긴. 계속 보면서, 그러다가 점점 축 처졌어."

하야사카는 "후후." 하고 웃었다. 노래방에서 본 내 모습이 재미있었던 모양이다.

"타치바나가 남친 컵에 빨대를 꽂아준 정도로 너무 풀 죽더

라. 그런 건 별생각 없는 남자를 상대로도 그냥 해줄 수 있는 거야. 나도 해줬고."

그랬다. 하야사카도 옆 남자의 컵에 빨대를 꽂아주고 있었다.

"그걸 보고 또 풀이 죽었지."

"그래~ 그랬구나. 제대로 질투해줬구나?"

하야사카는 어딘지 기뻐 보였다.

"도와줄 순 없었지만, 약속대로 위로해줄게."

하야사카가 다가왔다. 하지만 아슬아슬한 지점에서 멈춰서 발끝을 본 채 뒤꿈치를 통통 울렸다.

"왠지 오늘은 조금 부끄럽다. 왜일까?"

"무리할 것 없어."

"으응. 지금 키리시마에게 해주고 싶어. 그거, 마음이 무척 포근해지거든."

그렇게 말했지만 하야사카는 얼굴을 붉힌 채 움직이지 않았다.

그래서 이번에는 내가 먼저 하야사카를 껴안았다.

"키리시마."

하야사카가 팔을 등 뒤로 둘렀다. 확실히 포근해지는 느낌이 들었다. 무척 행복했다.

그런 생각을 하고 있자니 하야사카가 눈을 감고 고개를 들어 올렸다.

나는 그저 포옹을 하려는 줄 알았는데 하야사카의 생각은 달랐던 모양이다.

"멜론 소다 맛이 나."

입을 맞춘 뒤 하야사카가 말했다. 그리고 "에헤헤." 하고 앳된 표정을 지으며 내 가슴에 얼굴을 묻었다.

"하야사카, 껴안는 게 버릇이 됐네."

"응, 이거 좋아해."

우리는 한동안 그렇게 있었다.

"미안해, 키리시마가 첫 번째가 아니라서."

"괜찮아."

나도 마찬가지니까.

며칠 뒤.

노자키는 무사히 마음이 가던 상대와 사귀는 데 성공했다. 놀랍게도 상대도 노자키를 좋아했던 모양이다.

첫 번째끼리 맺어졌다는 사실이 조금 충격이었다. 그러나 두 사람이 이어졌다는 사실은 노자키나 그녀에게 연심을 품던 사람들이 실연당했다는 것의 방증이었다.

첫 번째로 좋아하는 상대와 사귀는 것이 어렵다는 사실에 변함은 없었다.

그래서 나와 하야사카가 두 번째끼리 사귀는 것은 무척 현실적인 선택이었다.

두 번째끼리 사귀게 되면 다음의 네 가지 결말만이 남게 된다.

두 사람 다 첫 번째와 사귄다.

두 사람 다 첫 번째와 사귈 수 없다.

나만이 첫 번째와 사귄다.

하야사카만 첫 번째와 사귄다.

둘 다 첫 번째와 사귀면 행복하겠지만 둘 다 첫 번째와 사귈 수 없을 때는 드디어 나와 하야사카가 정식으로 연인 사이가 되는 순간이니 그 또한 행복할 것이다.

내가 누구와도 사귈 수 없을 때는 하야사카만이 첫 번째와 사귀게 될 경우이며, 반대로 하야사카가 누구와도 사귈 수 없을 때는 나만이 첫 번째와 사귀는 경우이다.

즉 내게도 하야사카에게도 불행해지는 결말은 네 가지 중 하나뿐. 그 밖의 세 가지는 행복해질 수 있다.

'실연 확률 25% 공식'

나는 그렇게 이름을 붙이고 연애 노트에 이어서 기록하기로 했다.

운을 믿고 도박에 나서듯이 고백해서 실연을 당해 자포자기한다. 그러한 유형의 연애에 비해 행복해질 확률이 높았다. 이것은 획기적 수단이었다.

언젠가 분명 머피의 법칙처럼 전 세계에 퍼지리라.

그런 생각을 하며 그날도 연애 노트를 펼쳐놓고 있었다.

방과 후, 구교사 2층에서 있었던 일이다.

옆 교실에서 피아노 소리가 들려오지 않는다 싶더니 갑자기 이름을 부르는 소리가 들렸다.

"키리시마."

누군가 싶어 고개를 들자 어느새 입구에 여자아이가 서 있었다.

타치바나였다.

새삼 느꼈지만 정말로 색소가 옅어서 여름의 신기루처럼 보였다. 그러나 그곳에 실재하고 있었다.

"저기──."

타치바나는 무언가를 말하려다가 고개를 갸웃거렸다.

"미안, 말하려던 걸 까먹었네."

타치바나, 마이페이스구나.

"우선 앉지 그래?"

"됐어. 피아노 연습하러 갈 거니까."

"아, 그래."

"저번에 노래방에서."

타치바나가 갑자기 말했다. 조금 무뚝뚝한 어조였다.

"노래 잘하더라."

"그런가?"

"저음으로 화음을 넣으려 한 거지?"

그래, 이젠 그냥 그런 셈 치자.

"키리시마는 그날 방에 들어왔을 때는 도서 위원인 여자애 옆에 앉았었지? 그거, 노자키를 위해서 자리를 맡아두고 있던 거 아냐? 둘이서 사귀게 됐단 소릴 듣고 키리시마의 의도를 알았어."

노자키가 좋아하는 아이의 옆자리에 앉도록 도와준 것은 사실이었다. 그 모습을 타치바나가 보고 있었던 모양이다.

"그러기도 하는구나."

"남을 도와주는 건 제법 기분이 좋거든."

"놀림받는 캐릭터는 하야사카를 위해서 한 거야?"

"무슨 소린지 영."

"뭐, 무슨 상관이람."

노래방 모임 날에 대해서 말하려고 여기에 온 걸까. 그러나 타치바나는 떠날 기색 없이 마치 방금 생각난 것처럼 가슴 포켓에서 반으로 접은 종잇조각을 꺼냈다.

"맞다. 이거 주려고 했거든."

타치바나가 종잇조각을 내밀었다. 받아들었을 때 가늘고 하얀 손가락에 닿았다. 조금 차가웠다.

"이게 뭐야?"

"열어 봐."

나는 건네받은 종이를 열었다. 그 안에는 무척 깔끔한 글자로 이름이 적혀 있었다.

입부 신청서. 미스터리 연구회. 2학년 6반. 타치바나 히카리.

나는 생각도 못 한 일이 벌어져 아무 말도 할 수 없었다. 이런 일이 있을 수가 있나?

"이게, 저기, 무슨 뜻이야?"

"적혀 있는 그대로인데, 뭐 문제 있어?"

타치바나는 시선을 피하지 않았다. 그녀의 아름다운 눈동자 속 홍채에서 왈가왈부 따지지 않겠다는 힘이 느껴졌다.

"문제는⋯⋯전혀 없지."

내가 말하자 타치바나는 "그래." 하고 고개를 끄덕였다.

"내일부터 잘 부탁해, 부장."

어디까지나 담담했다. 대체 무슨 속셈일까.

"그런데 타치바나, 이 입부 신청서 잘못 적었어."

"그래?"

"여긴 연구회가 아니라 연구부야."

"부장, 깐깐하네."

"A형이거든."

제2화 왜

하야사카는 홍차를 즐겨 마셨다. 양손으로 잔을 들고 후우 후우 하고 숨을 불어넣는 모습은 마치 털이 복슬복슬한 작은 동물을 보는 듯했다.

학교에서 조금 떨어진 곳에 맛있는 홍차를 파는 카페가 있었다. 고풍스럽고 고즈넉한 분위기의 카페에는 주인의 취미인지 책장과 카운터에 문학 작품을 빼곡하게 진열해 놓았다.

문을 열고 가게 안으로 들어가자 하야사카가 안쪽 자리에서 행복한 듯이 홍차를 마시고 있었다.

비가 내린 다음 날, 방과 후에 있었던 일이다.

"키리시마, 수고했어."

하야사카는 날 발견하고는 반가운 얼굴로 손을 흔들었다.

맞은편 자리에 앉아 커피를 주문했다.

"이거, 고마워."

나는 비닐우산을 건네며 말했다.

"하야사카지? 부실 앞에 두고 간 거."

"도움이 됐어?"

"이러지 않아도 됐는데."

"괜찮아. 키리시마에게 도움이 됐으면 좋겠다, 그렇게 생각했거든."

그렇게라도 안 하면 키리시마는 자기 일은 뒷전으로 미루잖아 하고 덧붙였다.

"저번에도 날 도와준 거지?"

쉬는 시간에 하야사카의 신체를 농담으로 들먹이는 한 남학생이 있었다. 야하다느니 놀아달라느니 하는 그런 느낌의 흔한 농담이었다. 너무 큰 목소리로 말하는 통에 하야사카가 조금 떨어진 자리에서 난처한 얼굴을 하고 있었다.

정신을 차리니 나는 쓰레기통을 발로 차고 있었다. 그러자 그 남학생과 언쟁이 벌어졌고 다음 쉬는 시간에는 키리시마는 하야사카를 좋아한다는 소문이 돌았다.

"그런 행동을 벌였으니 당연히 날 좋아한다는 소문이 돌지."

"사실이니까."

"그래도 타치바나가 그렇게 생각하면 안 되잖아."

"사실은, 물어봤어. 하야사카를 좋아하냐고."

"뭐라고 대답했어?"

"연애 감정은 아니라고 대답했지. 거짓말이었지만, 조금 힘들더라."

"그러면 돼."

하야사카는 상냥하게 웃으며 말했다.

"그래도, 그렇구나. 타치바나랑 둘이서 미스연을……."

하야사카는 찻잔을 손안에서 만지작거리며 말했다. 그 표정은 온화했지만 아주 조금 쓸쓸함이 섞인 것처럼도 보였다.

"들려줄래? 타치바나랑 있었던 얘기. 조금은 친해졌어?"

"그래도 돼?"

타치바나와 있었던 일을 하야사카에게 얘기하는 것은 조금 꺼려졌다.

그러나 하야사카는 미소를 지으며 말했다.

"듣고 싶어. 들려줬음 좋겠어."

타치바나는 매일 미스연에 얼굴을 비쳤다.

방과 후가 되면 우선 옆 교실인 제2 음악실에서 피아노를 연습했다. 연습을 한 차례 마치면 부실로 찾아와 외국의 미스터리 소설을 읽었다.

내가 그만 긴장한 탓인지 타치바나가 무뚝뚝한 탓인지 대화는 적었다.

피아노 이야기를 한 적이 있었다.

"부장은 어떤 곡을 좋아해?"

"어?"

"다 들리지? 내가 옆에서 칠 때."

"그야, 뭐."

"어떤 곡이 좋아?"

"으음…… 요즘 매일 반복해서 치는 거려나."

"리스트의 '한숨'."

그리고 타치바나는 다시 소설을 읽었고 대화는 끝났다.

미스터리 이야기를 했을 때도 마찬가지였다.

"타치바나, 트릭 중에 좋아하는 거 있어?"

"애너그램."

"나는 서술 트릭이야."

"흐음."

언제나 이런 식이었다. 그러나 그날은 웬일로 말수가 많았다.

비가 몹시 오던 방과 후였다.

"있잖아, 부장."

타치바나가 불렀다. 내 맞은편 소파에 앉아 연애 노트를 보고
있었다.

미스연 OB가 작성한 사랑의 매뉴얼이었다.

"미스터리랑 연애는 똑같다고 적혀 있는데."

"하우, 후, 와이의 삼 요소 말이지."

어떻게, 누가, 왜. 연애 노트에는 이 논리에 기초해 상대가 자
신을 좋아하게 만드는 방법이나 관심 있는 상대가 누굴 좋아하
는지 꿰뚫어 보는 방법 등을 소개해 놓았다.

"그런데 와이 항목만 좀 적어."

"연애에서 와이란 간단하게 답을 낼 수 없는 거라 그렇겠지."

왜 그 사람을 좋아하게 됐는가.

물론 얼굴, 성격, 다정함, 믿음직스러움처럼 여러 답이 있을
것이다.

"다정히 대해줘서 좋아하게 됐다 쳐도 다른 누군가가 똑같이 다정하게 대해줬을 때 그 사람을 좋아하게 될 것 같냐고 물어보면 그렇지도 않고."

좋아하게 된 사람이 다정했을 뿐이다.

"미스터리에선 와이를 제대로 묘사하잖아."

타치바나가 말했다. 왜 범행을 저질렀는가. 범행 앞에는 동기가 있기 마련이었다.

"하지만 연애는 다르단 거구나."

바로 그 말씀.

"사랑에 빠지는 덴 이유가 없는 거야."

"흐음."

"게다가 '왜'냐고 물어보는 건 촌스러운 짓이지. 연애뿐 아니라 무엇이든 간에."

하지만 나는 지금 맹렬하게 묻고 싶었다.

바로 앞에서 아무 일도 없었다는 듯이 태연한 타치바나에게 '왜'냐고 묻고 싶었다.

왜 미스연에 들어왔는가.

방과 후, 나와 단둘이 있어도 괜찮은 것인가. 남자친구는 아무 말도 하지 않는가.

그러나 이 섬세한 시간을 부수고 싶지 않아서 결국 나는 아무 말도 하지 못했다.

"좋아한다는 감정이 먼저이고, 이유는 뒤따라오는 거라고."

타치바나가 복습하듯이 말을 되풀이했다.

"상대가 다정히 대해줘서, 멋있어서 좋아하게 되는 게 아니라 좋아하게 된 상대가 다정히 대해준 거고 멋있었던 거라고."

"바로 그 말이지."

"그러면 좋아하게 된단 건 어떤 느낌이야?"

타치바나가 진지한 얼굴로 물어왔다.

"어떻게 되어야 좋아한다고 할 수 있어?"

"그건……."

마치 누군가를 좋아해 본 적이 없는 듯한 말투였다.

내가 생각하는 사이 타치바나가 몸을 내밀었다. 무심코 옷깃 사이로 보이는 하얀 민소매에 눈이 갈 것만 같았다. 그러나 그보다 먼저 타치바나가 터무니없는 소리를 했다.

"부장이 하야사카에게 가진 감정을 가르쳐주기만 하면 되는데."

"어?"

시간이 멈췄다.

"하야사카를 좋아하잖아."

"무, 무슨 소리인지 영."

"다들 그러던데. 점심시간에."

"——아아, 그 소리구나."

두 번째 관계가 들킨 것은 아니었던 모양이다. 그렇다면야 전혀 문제 될 것 없었다.

"부장은 하야사카를 도와주려고 쓰레기통을 찾아."

타치바나가 말했다.

"그게 다정함이란 거지?"

"다정한 것과 연애 감정은 별개야."

"그럼 부장은 하야사카를 좋아하는 게 아니야?"

"……그렇지."

"그래도 사랑을 해본 적은 있을 거 아냐."

"나름대로는."

"그러면 알려줘."

타치바나가 더욱 몸을 들이밀었다. 앞으로 쏟아지는 머릿결이 아름다웠다.

"사람을 좋아하게 되면 어떤 느낌이 들어? 어떤 느낌이 들어야 좋아한다고 할 수 있는 거야?"

타치바나의 말은 역시 사랑을 해본 적 없는 소녀의 말이었다.

나는 망설이며 대답했다.

"뻔하지만 가슴이 설렌다든가, 그런 느낌이 아닐까?"

"그래?"

타치바나는 생각에 잠기듯이 눈을 감았다.

"혹시 타치바나, 설레 본 적 없어?"

"별로 의식해본 적이 없는데. 그래도 뭐, 그럴지도 몰라."

그러나 남자친구는 있었다. 어떻게 된 일일까. 내가 더는 참지 못하고 물어보려 했을 때 타치바나가 연애 노트를 펼쳐 테이블 위에 올려놓았다.

"부장, 이거 하자."

그것은 연애 노트에 적힌 하우의 항목.

어떻게 상대를 좋아하게 만들 것인가. 즉 상대를 유혹하는 방법에 대해 적혀 있는 페이지였다.

'가슴을 설레게 만드는 100가지 방법'.

저자의 IQ가 180이란 정보를 갑자기 믿을 수 없게 만드는 제목에 내용도 순정만화에 나올 법한 것들뿐이라 벽쿵, 발쿵, 넥타이 당기기 등이 소개되어 있었다.

하자고 해도 좀 곤란했다. 부끄러운 데다 발쿵 같은 건 드세 보이는 잘생긴 훈남 캐릭터가 하는 거라 내겐 어울리지 않았다.

"나, 설레어 보고 싶어."

"그런 소릴 한들……."

아마도 타치바나는 사랑을 해본 적이 없는 것이겠지.

그렇다면 그 남자친구는 이름뿐인 남자친구일 가능성이 있었다. 그러나 이름뿐이라 한들 세간의 가치관을 따르면 남자친구가 있는 여자가 해선 안 되는 짓이었다. 그래서——.

"오늘은 이만 가자. 밖에 비도 오니까."

"그래."

타치바나는 간단하게 포기하고 자리에서 일어나 돌아갈 준비를 시작했다.

"왠지 난처한 부탁을 한 것 같네."

"난처하진 않은데……."

"부장, 난처하다는 표정이었어."

나 때문이구나, 그런 소릴 했다.

"이제 부탁 안 할게."

쓸쓸한 표정 그대로 부실을 나가려 했다.

마치 내가 상처를 준 것 같아 가슴이 아팠다.

이렇게 되면 어쩔 수 없지. 그 또한 좋으리라. 나는 양손으로 뺨을 두드렸다.

스위치를 켰다. 나는 잘생겼다. 드라마의 주인공이다.

나는 주머니에 손을 찔러넣고 벽을 차며 말했다.

"야, 거기 안 서?!"

타치바나가 가는 길을 다리를 들어 올려 가로막은 모습.

"아핫."

타치바나가 표정을 무너뜨리며 웃었다. 처음 보는 밝은 표정이었다.

"이거, 그거지? 발쿵!"

히로인이 떠나려 할 때 양아치 캐릭터가 강제로 막아서는 행동이었다. 핵심은 다리를 높이 들고 말투와 동작을 난폭하게 꾸미는 것. 연애 노트에 그렇게 적혀 있었다.

"부장, 의욕이 넘치네?"

"뭐, 비가 잦아들 때까진 기다리는 게 나을 테니까."

"설레게 해줄 거구나."

"조금만이야."

남자친구가 있는 게 무슨 상관이냐. 세간의 상식은 두 번째끼리 사귀기로 정한 시점에서 이미 버렸다. 게다가 세간은 '당신' 아니냐고 다자이 오사무도 적지 않았는가.

나는 항상 있지도 않은 세간의 이미지를 멋대로 의식해 자신을 끼워 넣고 칭칭 옭아매 왔다. 그러니 연애 정도는 마음대로 해주겠다.

"그럼, 해볼까."

"응, 해보자."

결국 그렇게 되었다.

◇

우선 다시 기본인 벽쿵에 도전하기로 했다.

타치바나를 벽 앞에 세웠다. 내 키는 약 170㎝, 타치바나는 160㎝ 정도였기에 살짝 내려다보게 되었다.

"가슴을 설레게 만드는 방법 말인데 아마 상대에 따라 다를 거야. 즉, 나는 안 되더라도 다른 사람이 상대라면 설렐 가능성이 있지."

"반대로 부장 말고는 설렐 일이 없을지도 모른다, 그런 거지?"

타치바나, 무슨 소릴 하는 거야. 그렇게 되면 너무 좋겠다.

"그리고 지금부터 하려는 건 다 순정만화에 자주 나오는 것들이야. 개인적으론 이런 것 갖고서 가슴이 설렐 여자는 없지 않을까 싶은데."

"있으면?"

"쉬운 여자가 아닐까."

"그렇구나."

"그럼, 간다."

타치바나의 얼굴 옆 벽에 손을 짚었다. 그러나 찰싹하는 소리만 날 뿐, 어째 얼빠진 모습이 되고 말았다. 타치바나도 고개를 갸웃거렸다.

"어째, 싱겁네. 아까 발쿵이랑 뭔가 달라."

타치바나는 한동안 생각에 잠겼다.

"대사가 없었구나. 부장, 뭔가 말하면서 해 봐."

"아까는 되는대로 말한 거야. 그거 많이 부끄럽거든."

"부끄러워해야 하는 건 나잖아."

절대 그럴 일이 없을 법한 타치바나가 말했다.

"그래. 철판 깔고 해볼 테니 웃지 마."

"물론이지."

다시 한번.

기세 좋게 손으로 벽을 쿵 내리쳤다. 그리고, 말했다.

"넌 나만 보면 돼."

부끄러움은 버렸다.

타치바나는 감정이 잘 드러나지 않는 표정 그대로 "응."하고 고개를 끄덕였다.

"팔꿈치쿵도 해보자."

아무래도 합격인 듯싶었다.

"대사, 매번 바꿔봐. 조금 강요하듯이 해야 좋은 것 같아."

"알았어."

타치바나, 제법 깐깐한걸. 예술가 기질이 있는 게 아닐까.

"그럼, 간다."

이번에는 팔꿈치로 벽을 내리쳤다. 벽쿵의 응용, 즉 팔꿈치쿵이었다. 손을 짚는 것보다 거리가 가까웠다.

타치바나를 덮치는 듯한 모습으로 내가 말했다.

"오늘 밤은 안 돌려보낼 거야."

타치바나는 내 눈을 바라본 채 움직이지 않았다. 가까이서 보는 타치바나는 유리 세공품처럼 섬세해서 비현실적인 아름다움이 느껴졌다.

"설레었어?"

"……글쎄."

타치바나는 그렇게 말하며 갑자기 내 목에 걸린 넥타이를 잡아당겼다. 얼굴이 더욱 가까워지며 이마와 이마가 부딪칠 뻔했다. 긴 속눈썹과 서늘해 보이는 하얀 이마, 모든 것이 아름다웠다.

"……있지, 이러면 설레?"

타치바나가 물었다.

설레었다. 그러나 이런 짓을 할 것도 없이 줄곧 설레고 있었다. 타치바나는 내가 첫 번째로 좋아하는 사람이었으니까.

"……타치바나, 이건 '넥타이 당기기'지?"

"응. 노트에 적혀 있었어."

여자가 남자의 넥타이를 붙잡고 잡아당기면 얼굴이 가까워짐으로써 가슴을 설레게 만드는 방법.

"타치바나도 제법 의욕이 넘치는걸."

"계속해보자."

그리하여 우리는 연애 노트에 적힌 방법을 계속해서 실천해

보았다.

바닥쿵, 의자 돌려 바라보기, 그 밖에 여러 가지를.

서로의 한쪽 귀를 하나의 이어폰으로 이어 노래를 듣는 한쪽 귀 이어폰도 했다.

피부와 피부가 닿을 만한 행동은 하지 않았다.

타치바나가 남자를 만지지 않는다는 것은 유명한 이야기였다. 누군가와 마주쳐 책상과 책상 사이를 지나가야 할 때 그 가냘픈 몸을 더욱 가늘어지도록 비틀어 몸이 닿지 않도록 했고 남자 교사가 어깨에 손을 올리려 하면 샤프 끝을 들이대며 견제했다.

그러나 한차례 가슴을 설레게 만드는 방법들을 시도한 뒤 내가 피곤함에 지쳐 소파에서 쉬고 있자 타치바나가 옆자리로 와서 말했다.

"마지막으로 어깨톡 하자."

어깨톡이란 남자가 여자의 어깨에 고개를 기대는 시추에이션을 말한다. 여기서 남자가 약한 소리를 하며 어리광을 부리는 것이 여심을 자극한다나.

"그래도 돼?"

"응."

나는 의자 끝에 걸터앉도록 자세를 바꿔 타치바나의 어깨에 머리를 맡기고 기댔다.

타치바나의 가냘픈 몸을 느꼈다. 무언가 그럴싸한 말이라도 하고 싶었지만 아무 말도 하지 못했다.

창밖에서 들려오는 빗소리에 마음이 차분해졌다.

문득 타치바나가 반대편 손으로 내 머리를 만졌다. 관찰하는 듯한, 골격을 확인하는 듯한, 그런 손짓이었다.

"타치바나?"

나는 그 행동의 의미를 알고 싶어 무심코 질문을 던지고 말았다.

그러나 긴장하고 있는 것은 나뿐이었는지 타치바나는 무척 태연한 모습이었다.

"왜 그래?"

어리둥절한 얼굴로 되물었다.

타치바나는 그저 순수한 흥미본위로 이런 행동에 나섰던 모양이다.

"……슬슬 집에 갈까."

내가 말했다.

"그러게."

누가 먼저랄 것도 없이 몸을 떼고 부 활동을 마쳤다. 돌아갈 준비를 하고서 부실을 나섰다.

문을 열자 털썩하고 무언가가 쓰러졌다.

비닐우산이었다.

조금 전까지 그곳에 누군가 있었던 기척이 남아있었다.

"타치바나, 우산 있어?"

나는 비닐우산을 들어 올리며 말했다.

타치바나는 자기 가방 안을 들여다보고 잠시 사이를 둔 뒤 말했다.

"——없어."

◇

"우산, 도움이 돼서 다행이야."

하야사카는 테이블 아래 놓인 비닐우산에 시선을 주며 말했다. 카페에 들어오자마자 내가 건넸던 것이다.

"둘이서 우산 하나를 쓴 거지?"

"응."

왜일까.

나는 타치바나와 있었던 일 중 절반도 하야사카에게 털어놓지 않았다.

비 오는 날 함께 부실에서 책을 읽고 수다를 조금 떤 뒤 하야사카가 문 앞에 놓고 간 우산을 쓰고 둘이서 돌아갔다고만 얘기했다. 벽쿵이나 어깨톡을 한 것은 전혀 얘기하지 않았다.

내가 타치바나와 친해지면 하야사카가 상처 입는 게 아닐까. 주제도 모르게 나는 지금 그런 생각을 하고 있었다.

"우산 하나에 같이 들어간 거잖아. 어땠어?"

"조금 불편한 느낌이었지. 서로 어깨가 닿지 않도록 하면서 돌아갔어."

"그랬구나……."

"굳이 우산을 놓고 갈 것까진 없었는데……."

첫 번째 상대를 도와주는 것은 괴롭지 않을까.

노래방 때도 하야사카는 그렇게 말했다.

"괜찮아. 키리시마는 항상 날 도와줬으니까 이번엔 내가 도와주고 싶었어."

그런데 있지 하고 하야사카가 말했다.

"키리시마, 타치바나 남친 SNS 아직도 봐?"

"그야 뭐, 습관이니까."

나의 이 이상한 버릇은 하야사카도 알고 있었지만, 내가 직접 말한 것은 아니었다.

바로 그게 사귀게 된 계기였다.

지금으로부터 두 달 전, 5월. 하야사카와 말 한 번 나눠본 적 없었던 무렵이다.

역 승강장에서 스마트폰을 떨어뜨렸다. 그것을 우연히 근처에 있던 하야사카가 주워서 건네주었다. 그때, 타치바나의 사진이 표시된 SNS 페이지를 보이고 말았다.

"키리시마는 타치바나를 좋아하는구나."

그런 말을 들었다.

하야사카는 내가 항상 타치바나를 시선으로 좇고 있는 것도 눈치챈 모양이었다.

"여담으로 두 번째는 하야사카야."

나는 좋아하는 사람이 들통난 쑥스러움을 감추고자 그렇게 말했다.

"근데 왜 내 시선을 보고 있던 거야?"

내가 물어보자 하야사카는 얼굴을 빨갛게 물들이며 얼버무리 듯이 농담처럼 대답했다.

"나도 키리시마를 좋아하니까."

그리곤 두 손가락을 세웠다.

"두 번째로."

이리하여 우리는 두 번째끼리 사귀게 된 것이다.

그때 일을 떠올리고 있는데 카페 점원이 내 컵이 텅 빈 것을 눈치채고 무척 품위 있는 시선을 보내왔다. 나는 또 같은 커피를 주문했다.

"당분간 타치바나 남친 SNS는 안 보는 게 좋을걸."

주문을 마치자 하야사카가 테이블 위에 놓인 내 스마트폰을 바라보며 말했다.

"왜?"

"그게, 타치바나랑 남친이 친하게 지내는 사진을 보면 기운 빠질 거 아냐."

"그래서 항상 고생하지."

"건강에 안 좋아."

"그래도 괴로우면 괴로울수록 타치바나에 대한 감정을 현실감 있게 느낄 수 있거든."

"키리시마, 너무 비뚤어졌어."

"그러게."

그렇게 말하며 나는 스마트폰을 손에 들었다.

"고마워, 하야사카. 그래도 괜찮아."

무슨 일이 일어났는지는 어렴풋이 추측할 수 있었다.

SNS를 들어가 보았다.

타치바나의 남자친구가 타치바나에게 벽쿵과 팔꿈치쿵을 하는 셀카 사진이 올라와 있었다.

'설레고 싶어.'

타치바나는 그렇게 말했다. 즉, 나로 연습한 뒤 남자친구에게 실천하고 싶다는 뜻이었다.

남자친구를 상대로 설레보고 싶다는 것이 자연스러운 흐름이었다.

"키리시마, 괜찮아?"

"멀쩡해. 오히려 재미있어졌는걸."

"커피 다 흘리면서 말하면 뭐 해."

하야사카가 발끝으로 내 구두를 쿡쿡 찔렀다.

"솔직히 말해도 돼?"

"응."

"타치바나 때문에 풀죽은 키리시마가, 참 좋더라."

"그거, 하야사카도 제법 비뚤어진 것 같은데."

"응, 맞아. 키리시마의 사랑을 응원하고 싶은 나도 있지만, 역시나 타치바나를 질투하는 나도 있어서, 그래서 키리시마가 기운이 없으면 조금 기뻐."

첫 번째 사랑, 제대로 응원하고 있다고 하야사카가 말했다.

"그래도 있지, 그 SNS를 보고 조금 안심했어. 난 아직 키리시마의 여친으로 있어도 되는구나, 하고.”

“지금으로선 나와 타치바나 사이에 무슨 일이 일어날 것 같진
않지.”

“맥이 없는 것 같아?”

“응. 타치바나는 날 상대론 설레지 않더라.”

“다행이다. 그렇게 생각해서 미안해.”

하야사카는 그렇게 말하고 앞머리를 붙잡았다.

“나, 왠지 못된 여자애 같아.”

“괜찮아, 그래도 돼.”

우리는 그런 관계였다. 서로를 좋아하는 마음이 진짜였기에
상대의 사랑을 응원하는 마음과 자기 곁에서 떠나길 바라지 않
는 마음, 그 두 가지가 어쩔 수 없이 동시에 존재했다.

“그런 것보다 주말 일정 세우자.”

“응.”

그것이 이 카페에 모인 목적이었다.

조용한 가게 안, 커피를 따르는 소리를 들으며 주말에 뭘 할지
둘이서 상담했다.

그리고 일정이 맞는 것이 토요일 오전 중밖에 없어서 그때 함
께 외출하기로 했다.

어디까지나 오전 중에만.

오후에는 하야사카가 첫 번째 상대와 만날 약속을 했기 때문
이다.

“키리시마, 싫지 않아?”

"뭐가?"

"키리시마랑 놀다가 중간에 그쪽으로 가버리는 거잖아."

"괜찮아, 첫 번째를 우선해도."

"키리시마, 너무 질투 안 한다. 난 질투하는데."

왜일까 하고 하야사카는 고개를 갸웃거렸다.

"내가 타치바나를 알고 있어서 그런가? 키리시마는 내 첫 번째 상대를 모르니까."

"뭐, 그래서 그런 것도 있겠지."

다른 학교라서 얼굴을 마주칠 일도 없었다.

"그래도 키리시마도 조금은 질투해도 돼."

"다음엔 최고로 난처한 표정을 보여줄게."

"에헤헤, 잘 부탁해."

주말 일정을 세운 우리는 가게를 나서 손을 잡고 돌아갔다.

하야사카는 이런저런 방법으로 손을 바꿔 잡으며 감촉을 즐기고 있었다.

"난 키리시마를 만지는 게 좋더라."

"그건 그렇다 쳐도 너무 달라붙었어."

"아니야. 이래 봬도 많이 참은 거야."

"안 참으면?"

"이렇게 되지."

손을 잡는다기보다는 거의 껴안고 있었다.

"하야사카, 이러면 안 돼. 아무리 학교에서 멀다지만——."

"있지, 키리시마, 다음에 또 집에 와줘."

"듣고 있어?"

"잔뜩 만지면 점점 사이가 좋아질 것 같아."

"스킨십으로 다툼을 없애는 침팬지도 있다지……."

"그래?"

하야사카가 눈을 반짝거렸다. 괜한 소릴 하고 말았다.

"그럼 우리도 잔뜩 스킨십하자!"

얼굴을 들이밀고 어리광을 부리는 하야사카를 떼어놓으려 하며 돌아갔다.

해가 저물며 여름밤 냄새가 났다. 왠지 가슴이 설레었다. 여름밤에는 불꽃 축제와 여름 축제가 열려서 저도 모르게 무언가 즐거운 일을 기대하고 있는지도 몰랐다.

그나저나 하고 나는 생각했다.

하야사카는 조건 없이 나를 신뢰하고 있었다.

그런데도 나는 하야사카와 대화를 나누며 두 가지 거짓말을 했다.

하나는 하야사카의 첫 번째 상대를 모른다는 것.

실은 아는 사이였고, 게다가 무척 친했다.

또 하나는———.

'응. 타치바나는 날 상대론 설레지 않더라.'

나는 그렇게 말했다.

그러나 비 오는 날에는 이어지는 이야기가 있었다.

타치바나는 아마도, 나를 상대로 설레었다.

◇

"타치바나, 우산 있어?"

"——없어."

빗소리가 울리는 복도에서 잠시 서로를 마주 본 뒤 내가 말했다.

"역까지 같이 갈까?"

타치바나는 조용히 고개를 끄덕였다.

우리는 당연한 것처럼 비닐우산 하나를 둘이서 쓰고 걸었다. 타치바나가 너무 태연한 모습이라 나도 그 상황이 무척 자연스럽게 느껴졌다.

"우산, 너무 이쪽으로 안 기울여도 돼."

타치바나가 우산 끝을 손가락으로 들어 올렸다.

"부장, 어깨 젖잖아."

우산 속에 두 사람이 들어가도록 타치바나가 가운데로 다가왔다.

걸을 때마다 어깨와 어깨가 부딪혔다.

타치바나는 정말로 사랑을 해본 적이 없을 것이다. 그래서 이렇게 어깨와 어깨가 닿아도 태연했다. 그 의미를 알지 못했고 그 너머에 대해서도 생각이 미치지 못했다.

하지만 지금은 관심을 두고서 설렘을 느끼고자 공부를 시작했다.

나 같은 것보다 훨씬 감수성이 민감해 보이니 금세 여러 가지

것들을 알게 될 것이다. 그렇게 됐을 때 타치바나는 어떤 여자아이가 되어 있을까.

"오늘 이것저것 많이 해봤네."

"그러게. 벽쿵에 팔꿈치쿵, 그리고 넥타이 당기기도 했지."

"부장이 처음에 그랬지. 그런 거로 설레면 쉬운 여자라고."

"아무래도 그렇지."

옆에 있는 타치바나에게서 상큼한 향기가 풍겼다.

한편 나는 땀을 흘리고 있었다. 우산 하나를 같이 쓰고 있었기에 그것이 신경 쓰여 조금 옆으로 떨어지려 했다. 그러나 그보다 빠르게 타치바나가 내 셔츠 자락을 붙잡았다.

"젖는다니까."

"으, 응……."

떨어지지 말라고 하는 것 같아 줄곧 그 거리감을 유지한 채 걸었다.

어깨가 부딪치는 것이 다가 아니었다. 내 팔에 타치바나의 셔츠 소맷자락이 닿거나 긴 머리가 닿기도 했다. 의식이 그곳에 쏠렸다. 타치바나는 평소처럼 태연했다.

역에 도착한 뒤로는 돌아가는 방향이 반대여서 개찰구를 통과해 헤어졌다.

"그럼 잘 가."

타치바나는 손을 흔들었다. 발랄한 동작에 표정도 밝았다.

평소에 웃지 않는 여자아이가 웃으면 무척 설렌다.

그대로 승강장으로 내려가나 싶더니 타치바나가 마지막으로 돌아보았다.

"부장, 있잖아."

"왜?"

타치바나가 수줍은 표정을 짓고서 말했다.

"나, 생각보다 쉬운 여자일지도 몰라."

◇

"걱정했다니까~."

학생회장인 마키가 말했다.

점심시간, 내가 부실에서 기말고사를 대비해 공부하고 있는
데 찾아왔다.

"키리시마가 침울해하지 않을까 해서."

"내가 왜 침울해하는데."

"타치바나 남친 SNS 때문에."

"아아, 그거."

"생각보다 멀쩡해 보이네. 다른 녀석들은 다 쓰러졌는데."

나 말고도 그 SNS 계정을 보는 사람이 제법 있었다.

타치바나의 남자친구가 올린 벽쿵 사진은 그런 수많은 타치바
나 팬들에게 큰 대미지를 주었다. 지금 학교 여기저기에는 그들
의 정신적 시체가 굴러다니고 있었다.

"그렇게나 사이좋아 보이는 모습을 보여줬으니 뭐."

"그래도 그놈들도 제법 터프해, 아직 희망이 있다고 믿더라."

"어디에 희망이 있는데?"

"타치바나는 남자가 만지는 걸 싫어하잖아. 그래서 아직 남친도 만진 적 없단다."

오늘도 남자친구가 복도에서 불러세우려 손을 뻗었을 때 유려하게 몸을 비틀어 피하는 타치바나를 많은 사람이 목격했다고 한다.

"그래도 남친인 것만으로도 제법 선두야."

그런 얘기를 하고 있는데 복도에서 발소리가 다가왔다.

문이 열리며 들어온 것은 타치바나였다. 손에는 공부할 거리를 들었다. 타치바나도 요즘 점심시간이 되면 미스연 부실로 찾아와 공부를 했다.

"방해꾼은 사라지도록 하지."

마키는 교대하듯이 부실을 빠져나갔다. 타치바나와 단둘이 남게 되었다.

"무슨 얘기 했어?"

"별거 아냐."

"그래."

타치바나는 소파에 앉아 교과서와 노트를 펼쳤다. 공부하지 않으면 위험하다는 모양이었다.

음악과 미술은 완벽하지만 어학은 그럭저럭. 게다가 세계사, 수학, 화학처럼 이른바 공부다운 공부가 필요한 과목은 무척 약했다.

언제나 아무렇지도 않다는 표정을 짓고 있어서 뭐든지 잘 해 내는 줄 알았더니, 그런 표정을 짓고서 별로 좋다곤 할 수 없는 점수를 받고 있었다.

전 과목에서 빠짐없이 평균점 이상을 따내는 하야사카와는 대조적이었다.

"부장, 무슨 과목 해?"

"수학. 타치바나는?"

"세계사 할 거야."

타치바나는 그렇게 말하고 자료집을 펼쳐 읽기 시작했다. 그러나 곧 꾸벅꾸벅 졸기 시작했다. 공부는 지루한 모양이다. 그리고는 똑바로 앉은 채 잠들어버렸다.

긴 속눈썹, 얇은 눈꺼풀, 주름 하나 없는 교복 치마. 잠든 모습도 그럴싸했다.

그러나 아무리 바라본들 속내는 알 수 없었다.

나는 스마트폰을 꺼내 다시 한번 타치바나의 남자친구의 SNS를 열어 보았다.

벽쿵, 팔꿈치쿵 등 여러 가지 사진들이 올라와 있었다.

그러나 재차 보아도 어깨톡은 없었다.

내 마음속에 수많은 '왜'가 솟아났다.

남자친구가 만지는 사진이 없는 것은 대체 왜?

내가 만져도 아무렇지도 않은 것은 대체 왜?

부실 앞에서 가방을 열었을 때 안에 접이식 우산이 들어있었는데도 들고 오지 않았다고 대답한 건 대체 왜?

그러나 결국 아무것도 물어볼 수 없어서 그저 타치바나의 자는 얼굴을 바라보고만 있었다.

제3화 좋아하는 거 아냐?

"안 이상해?"

약속 장소로 찾아온 하야사카가 쑥스러운 듯이 물었다.

하늘색 셔츠에 무릎까지 오는 하얀색 치마. 그야말로 애지중지 자라왔다는 분위기로 차려입었다.

나는 무심코 넋을 잃고 말았다.

"저기, 뭐라고 말 좀 해 줘, 키리시마."

"………귀여워, 응. 이것도 많이 절제해서 말한 거야."

"다행이다~." 하며 하야사카는 가슴을 쓸어내렸다.

토요일 오전에 있었던 일이다.

함께 쇼핑하는 것이 오늘 데이트의 콘셉트였다.

조금 비뚤어진 감상이었으나 하야사카와 함께 걷는 것은 기분이 좋았다. 지나치는 사람마다 다시 돌아봤다. 그런 여자아이가 자신의 여자 친구라는 사실이 무척 자랑스러웠다.

"돼지에 진주 목걸이네.", "요즘 많이 보이지.", "남자 취향은 여자마다 다른 법이니까."

그런 소리가 들려왔지만, 뭐, 잘못 들은 거겠지.

"그럼 갈까."

우리는 전철 역사 안으로 들어갔다.

"키리시마, 괜찮나 보구나."

여성복을 파는 가게를 한차례 둘러본 뒤 하야사카가 말했다.

"남자애들은 이런 데 불편해하는 줄 알았어. 혹시 자주 와 봤어?"

"아니, 전혀. 오히려 처음 와 봐."

여자 쇼핑을 따라가 긴장하는 남자의 심리에는 충분히 공감이 갔다. 패셔너블한 공간에서 화려하게 차려입은 여자 점원 앞에 서면 그만 자신이 있을 곳이 아니라고 느끼는 것이다.

"그래도 난 다 내려놨거든. 촌스러운 건 촌스러운 거니까 허세를 부려봤자 소용없지."

"굳세다고, 해야 하나?"

하야사카가 고개를 저었다.

"아니야, 키리시마는 더 멋있어질 수 있어."

내 소매를 붙잡고 생활용품점으로 데려갔다.

"이런 거 써 보면 괜찮을 것 같아."

하야사카가 선반에서 집어 든 것은 헤어 왁스였다. 견본품을 손에 덜어 내 머리를 헤집고 옆으로 쓸어내리기도 했다. 거울을 보니 머리가 정리된 내가 있었다. 당연한 소리였지만.

"내일부터 써 볼게."

"그래도 너무 멋있어지면 안 돼."

"왜?"

"키리시마 인기가 많아지면 불안해질 것 같단 말야."

"꼭 지금은 인기가 없는 것처럼 들리는걸."

사실이라 어쩔 수 없지만 하야사카, 너무 솔직한 거 아냐?

그 뒤 하야사카는 같은 가게에서 앞치마를 샀다. 요즘 요리를 연습하기 시작했다는 모양이다.

"키리시마는 어떤 음식을 좋아해?"

"가지조림."

"열심히 연습할게!"

불끈 주먹을 쥐는 하야사카. 연인으로서 천 점 만점이었다. 이후로도 우리는 많은 가게를 돌았다.

"잠깐만, 키리시마."

액세서리 가게 앞을 지나가다가 갑자기 하야사카가 내 팔을 잡아당겼다.

"지금, 저 여자 봤지."

"무슨 소리인지 잘 모르겠는데."

봤다. 몸매가 무척 훌륭해 무심코 가슴으로 눈길이 가는 점원이 있었다. 하지만.

"전혀 짐작 가는 게 없는걸. 역시 사람이라 해도 동물이니까. 움직이는 게 있으면 자연스럽게 시선이 쏠릴 때가 있을지도 모르지."

"키리시마가 얼렁뚱땅 핑계를 댈 때는 대부분 도망치려 할 때야."

"도망이고 뭐고 난 결백해. 연애 재판을 걸면 무죄를 받을걸."

"진짜로~?"

하야사카는 그렇게 말하며 내 팔을 꺼안았다. "나도 한 가슴 하거든." 하고 주장하는 것 같았다. 그리고 평소처럼 본인이 벌인 행동에 본인이 얼굴을 붉혔다.

꿈처럼 즐거운 시간이었다.

그러나 하야사카가 손목시계를 신경 쓰는 모습이 나를 다시 현실로 잡아끌었다.

"시간 괜찮아?"

말하기 전에 내가 먼저 물어보자 하야사카는 "미안해." 하고 말하며 슬며시 몸을 떼었다.

데이트는 오전 중에만. 오후부터 하야사카는 첫 번째 상대와 놀러 간다.

"한 시간 정도 남았어."

"어디서 커피라도 마실까."

그리하여 복도를 걸어가던 때였다.

서점에서 한 여자아이가 나와 우리 앞을 가로질러 갔다. 그녀는 한 번 지나쳐간 뒤, 눈치를 챈 것처럼 걸음을 멈추고 이쪽을 돌아보았다.

"부장이네."

타치바나였다.

반소매 블라우스에 반바지, 평소의 조용한 분위기와는 정반대로 한여름의 소년 같은 분위기를 풍겼다. 그러나 짧은 바지에서 뻗어 나온 하얗고 나긋나긋한 다리와 거의 어깨까지 드러난 팔은 분명하게 여자아이다워서 나는 묘한 설렘을 느끼고 말았다.

그런 타치바나는 나와 하야사카의 얼굴을 번갈아 보고는 고개를 갸웃거렸다.

"아, 아니야!"

하야사카가 황급히 부정했다.

"그냥, 우연히 만난 거야. 그래서 같이 쇼핑하고 있었어."

"그래?"

타치바나가 나를 보았다.

"왁스 사러 왔거든. 잘 몰라서 물어보고 있었지."

나는 쇼핑백을 보여주었다.

"나는 앞치마, 그리고 젤 네일!"

하야사카도 내 행동을 따라 했지만, 시선이 방황하고 있었다. 연기가 어설프다.

"흐음."

타치바나는 하야사카의 쇼핑백을 들여다보았다.

"무늬가 귀엽네."

타치바나의 얼굴이 가까워지자 하야사카가 얼굴을 붉혔다. 타치바나는 동성조차 쑥스럽게 만드는 여자였다.

"이, 있지, 타치바나. 모처럼 만났는데 셋이서 차라도 마실래?"

하야사카가 말했다.

"그래도 돼?"

타치바나가 물어본 상대는 나였다.

"방해하는 거 아냐?"

그렇게 물어보는 타치바나 뒤로 하야사카가 어색한 웃음을 지으며 두 손가락을 세우고 있었다.

'나는 두 번째 여친이라도 괜찮아'

그런 메시지였다.

둘만의 데이트였는데 저런 짓을 시켜 면목이 없었다.

그러나 처지가 반대였다면 나도 그렇게 했을 것이다.

그렇게 셋이서 차를 마시게 되어 전철 역사 최상층에 있는 카페로 들어갔다.

나는 평범한 커피, 하야사카는 홍차, 타치바나는 달콤한 이름의 음료에 점원에게 부탁해 이것저것 토핑을 추가했다.

동그란 테이블에 셋이서 둘러앉았다.

"타치바나는 서점에서 뭐 샀어?"

하야사카가 물었다. 타치바나와는 그리 친한 편이 아닐 텐데도 저렇게 제대로 대화를 하려고 하니 참 붙임성이 있었다.

"악보랑 미스터리 소설. 부 활동 때 읽을 거."

"그렇구나. 타치바나, 미스연에 들어갔었지."

"하야사카가 그걸 어떻게 알았어?"

"어?"

"미스연에 들어간 거, 나 아무한테도 말 안 했는데."

그 말을 듣고서 하야사카는 "저기, 그건──." 하고 눈을 빙글빙글 돌리기 시작했다.

부장과 사이좋구나, 뭐, 무슨 상관이람 하고 타치바나는 화제를 방금 산 책으로 돌렸다.

"사실은 전자책으로 읽는데 그러면 부장이 못 읽어서 요즘은 종이책을 사."

그러고 보니 타치바나는 다 읽고 난 책을 책장에 놓고 갔다. 그것은 날 배려한 행동이었던 모양이다.

"태블릿을 빌려주면 안 돼?"

간신히 침착해진 하야사카가 물어보자 "부끄럽잖아." 하고 타치바나가 고개를 돌렸다.

"무슨 책 읽는지도 알게 되니까. 순정만화 같은 것도 있고."

"타치바나, 순정만화 읽어?"

"연애에 관심이 생겨서."

이제 와서? 하고 딴죽을 걸고 싶은 표정을 짓는 하야사카.

"그래서 읽으면서 여러 가지로 알게 된 게 있는데."

순정만화에서 대체 무엇을 배웠는지 묻고 싶었으나 그보다 먼저 타치바나가 터무니없는 말을 입에 담았다.

"하야사카, 부장을 좋아하지?"

"으헉?"

홍차를 뿜을 뻔한 하야사카. 동요로 손에 든 컵이 덜덜 떨렸다.

"왜, 왜왜, 왜?"

"그냥. 그런 느낌이 들었어."

"아니야, 타치바나가 착각한 거야."

"그래? 아니구나. 내 감은 제법 잘 맞는데."

그럼 있잖아 하고 타치바나가 말했다.

"이런 짓 해도 괜찮아?"

갑자기 타치바나가 내 손을 쥐었다.

하야사카는 딱딱하게 굳어서 반응하지 못했다. 나도 놀랐다.

"타치바나, 이런 짓은――."

"부장은 조용히 해."

타치바나는 한발 나아가 내 손에 깍지를 끼고 살포시 팔을 껴안았다. 그 위치가 아까 하야사카가 껴안았던 곳과 완벽하게 일치했으니, 정말로 감이 좋았다.

"……딱히 좋아하는 게 아니니까, 물론 괜찮지."

하야사카가 딱딱하게 웃었다.

하야사카, 그런 표정 지으면 안 돼. 타치바나는 이제 갓 연애에 관심을 가진, 이른바 연애 뉴비라 우리를 관찰하며 배우려는 것뿐이야.

"난 달리 좋아하는 사람이 있거든."

하야사카가 어깨를 부들거리며 말했다. 그러자 타치바나의 눈동자가 호기심으로 빛났다.

타치바나처럼 쿨한 사람도 연애 얘기엔 흥분하는 모양이었다.

"어떤 사람인데?"

"그게, 한 살 위 선배."

"연상? 뭔가 대단하네."

타치바나가 놀랐다. 연상은 생각 못 했던 모양이다.

"외모는 어떤 느낌이야?"

"외모? 키가 크고 말랐는데 운동을 해서 의외로 근육질이고 얼굴은, 뭐라고 해야 할까, 늠름한 느낌이려나?"

"성격은?"

"믿음직스럽고 모두를 앞에서 이끌어줘."

"부장이랑은 전혀 다르네."

"응, 키리시마랑은 전혀 달라."

이 두 사람, 제법 자비가 없다.

"하야사카는 그 사람과 같이 있으면 가슴이 설레?"

"그렇지, 긴장돼. 그래도 설렌다기보다 멍~하니 바라본다는 느낌이야. 동경하고 있거든."

"흐음, 그렇게 좋아하는 것도 있구나."

그 뒤로 우리는 마치 교실에서처럼 잡담을 나누며 1시간 정도 시간을 보냈다. 시험이 어떻다느니 학생 지도 선생님이 무섭다느니 이 영상을 한 번 보라느니 하며.

대화 중 알게 된 사실은 나와 타치바나가 같은 취미를 가지고 있다는 점이었다. 심야 라디오를 좋아했고 동계 올림픽에서는 컬링을 빠짐없이 체크했다. 그렇게 마이너한 취미가 일치하니 제법 기뻤다.

"그럼 난 슬슬 가 볼게."

손목시계를 보더니 하야사카가 자리에서 일어섰다.

그리고 말할지 말지 망설인 뒤 타치바나를 향해 말했다.

"이제부터, 그 사람이랑 놀러 가."

"진짜? 굉장하네."

"아니야, 하나도 안 굉장해. 여럿이서 놀거든."

"그래도 잘됐으면 좋겠다."

"고마워."

자리를 떠나며 하야사카는 내게 사과했다.

"정신없어서 미안해."

오전 중에 데이트를 마치고 첫 번째로 좋아하는 상대에게 가는 것을 미안하다고 생각하는 것이다.

그래서 나는 두 손가락을 세워 보였다.

'난, 두 번째 남친이라도 괜찮아.'

그런 메시지.

결국 나와 타치바나만 그 자리에 남게 되었다.

"부장, 기운이 없네."

"그런 거 아냐."

"하야사카가 좋아하는 사람과 만나러 가서 그렇지?"

아직 내가 하야사카에게 연애 감정을 품고 있다고 생각하는 모양이었다. 뭐, 사실이긴 했지만.

"여기서만 하는 얘긴데."

그렇게 서두를 깔고 내가 말했다.

"하야사카가 좋아하는 사람은 말이지, 내 중학교 때 선배야."

잘생긴 데다 성격도 좋은 쾌남이었다.

"그럼 하야사카가 그 선배랑 사귀어도 괜찮아?"

"물론이지."

하야사카는 모르겠지만 하야사카가 선배와 놀도록 주선한 것은 무엇을 감추랴, 바로 나였다. 그래서 이제 와서 그 사실을 후회하진 않았다.

"흐음."

타치바나는 납득하지 못하겠단 모습이었다.

"그러면 그 선배 얼굴, 떠올려 봐."

"떠올렸어."

"하야사카가 그 선배를 껴안거나 키스하는 모습을 상상해 봐."

"상상했어."

"그때 하야사카는 부장한테 보여준 적 없는 표정을 짓고 있을 거야. 행복하고 편안하지. 학교에 있을 때와는 다른, 선배 앞에서만 보여주는 표정이야. 무척 어리광을 피우고 있어. 어때?"

"완전 멀쩡해."

"입에서 커피 흘러."

나는 두 번째로 좋아한다는 감정을 얕잡아 보고 있었는지 모른다. 상상해 보니 제법 괴로웠다.

내가 타치바나와 부 활동을 하고 있을 때 하야사카도 이런 기분이었을까.

지금 내 눈앞에는 타치바나가 있었다. 무척 행복한 상황이었다.

그러나 무슨 말을 한들 타치바나에게는 남자친구가 있었다.

첫 번째로 좋아하는 타치바나는 남자친구가 있다.

두 번째로 좋아하는 하야사카는 껴안거나 키스할 수 있지만 달리 좋아하는 사람이 있다.

나는 내 감정이 향해야 할 곳을 알 수 없었다. 평범하게 생각해 보면 어떤 사랑이든 미래가 없었다. 타치바나와는 사귀지 못하는데 하야사카도 내게서 멀어진다. 그런 미래를 상상했다.

"부장, 집에 가게?"

"응. 여름인데 어째 춥네."

"그래? 그럼 나는 옷이라도 보러 갈까."

타치바나를 남기고 전철 역사를 뒤로했다.

앞으로 어떻게 될까. 하지만 생각해본들 답이 나올 것 같지도 않았다.

그런 꽉 막힌 기분을 속에 품고서 전철에 올라 자리에 털썩 앉았다.

그때 스마트폰에 메시지가 도착했다.

하야사카가 첫 번째로 좋아하는 상대인 야나기 선배가 보낸 메시지였다.

◇

하야사카는 내게 첫 번째 상대 이야기를 한 적이 없었다. 하지만 나는 그 인물을 알고 있었다.

야나기 선배.

같은 중학교 출신이었다.

상대가 누구든 분별없이 대하며 축구도 잘했다. 체육 대회에서 같은 팀이 됐을 때 남을 잘 챙겨주는 선배가 몸치인 날 그냥 내버려 둘 수 없었고 그것을 계기로 친해졌다.

고등학교는 갈라졌지만 지금도 교류는 이어지고 있었다.

선배는 중학교 때부터 프로 축구팀의 유소년 클럽에 소속되어 있었다. 그러나 고2 겨울에 클럽을 그만뒀다. 줄곧 관둘 기회를 모색 중이었다는 모양이다. 고3이 된 지금은 수험 공부를 하며 주말에는 휴식 삼아 풋살을 했다.

딱 한 번, 그 풋살 시합에 참가한 적이 있었다. 남녀 혼성인데 인원이 모자라 초심자라도 괜찮다는 말에 참가했다.

야나기 선배는 무척 인기가 많았다. 그 시합에서도 많은 사람이 응원을 왔다. 그들 중 아직 나와 두 번째 연인이 되기 전이었던 하야사카가 있었다.

"저 애, 학교에서 같은 반이에요."

"아아, 하야사카?"

"자주 와요?"

"응원하러 제법 오지."

"누구 좋아하는 사람이라도 있나?"

"누군지 알려주면 도와줄 텐데 말이지."

야나기 선배는 인기가 많았지만 무척 둔감했다.

시합 중 하야사카는 줄곧 야나기 선배를 바라보고 있었다. 내가 있다는 사실도 눈치채지 못했다.

그날이 지나 5월이 되어 역 승강장에서 하야사카에게 그 말을 들었다.

"키리시마는 타치바나를 좋아하는구나."

그때, 나는 말을 할지 말지 무척 망설였다.

"그러는 하야사카는 야나기 선배를 좋아하지 않아?"

그러나 결국 튀어나온 말은 "두 번째는 하야사카야."였다.

　그리하여 사귀게 된 이후로 딱 한 번 하야사카가 첫 번째 상대 이야기를 한 적이 있었다.

　"나는 어려울 것 같아, 첫 번째 사랑."

　하야사카는 조금 쓸쓸한 듯이 말했다.

　"멀리서 바라볼 수밖에 없어. 긴장해서 아무것도 못 하겠어."

　그날 밤, 나는 야나기 선배에게 전화했다.

　"하야사카란 애 기억해요?"

　"키리시마랑 같은 반이잖아?"

　"걔를 팀에 들어오라고 권유해줄래요? 풋살을 하고 싶은데 부끄럼을 잘 타서 말을 못 꺼내나 봐요."

　"알았어. 번호 알려줘."

　"제가 부탁했다고 말 안 해도 돼요."

　얼마 후 야나기 선배에게 연락이 왔다.

　"권유해봤는데 '으아아아' 하더니 끊어버렸어."

　"부끄럼을 정말 많이 타거든요. 다시 한번 걸어주세요. 다음엔 하야사카가 진정할 때까지 기다렸다가 권유하는 느낌으로."

　다음 날 하야사카는 방긋방긋 기분이 좋았다.

　"조금 좋은 일이 있었거든."

　이렇게 하야사카는 풋살에 참가하게 되었다.

　내가 스스로 한 일인 데다 애당초 첫 번째로 좋아하는 사람이 있다는 사실을 전제로 두고 사귀는 것이었다. 그래서 데이트를 중간에 끝내고 그쪽으로 가더라도 전혀 상관없었다. 오히려 응원하고 있었다.

하지만 왜일까, 하야사카를 배웅하며 가슴이 괴로웠다.

달라붙는 하야사카, 키스를 조르는 하야사카, 평소 남들에게
는 절대 보여주지 않는 조금 불건전한 하야사카.

두 번째였을 터인데, 나의 하야사카에 대한 마음은 점점 커지
고 있었다.

◇

의자에 앉아서 나는 야나기 선배에게 온 메시지를 바라보고
있었다.

'키리시마, 혹시 하야사카를 좋아하는 거 아니냐?'

열차는 좀처럼 출발하지 않았다. 차창으로 역 앞의 커다란 가
전제품 전문점이 보였다. 저 건물 옥상에서 하야사카는 지금부
터 즐겁게 풋살을 즐길 것이다.

나는 스마트폰을 조작해 답장을 보냈다.

'왜 그렇게 생각하는데요?'

'하야사카, 인기가 엄청나거든.'

풋살을 하는 사람 중에서도 하야사카를 노리는 사람이 많은
모양이었다.

'키리시마가 좋아하는 거면 다른 녀석들이 가까이 못 오게 할
건데.'

'아뇨, 딱히 좋아하는 거 아니에요.'

'정말이냐? 키리시마, 자기가 골을 넣을 수 있을 때도 패스하는 타입이잖아.'

'축구랑 연애는 다르잖아요.'

'플레이에 성격이 나오긴 하거든. 아무튼, 그런 거라면 됐고. 그럼 연습 시작하니까. 키리시마도 생각 있으면 언제든지 와.'

내 마음은 복잡했다.

하야사카의 첫 번째 사랑이 잘 되길 바랐다. 그러나 동시에 내게 돌아왔으면 하고도 바랐다. 감정이 이리저리 요동쳐서 왠지 피곤했다.

어서 집으로 돌아가 자고 싶다.

그렇게 생각했지만 시발역이 이곳이라 전철은 좀처럼 출발하지 않았다.

한동안 그렇게 있다가 드디어 출발을 알리는 벨 소리가 울렸다.

열차의 문이 닫히는 그때였다.

경쾌한 발걸음으로 머리가 긴 여자아이가 전철로 미끄러져 들어왔다.

"모처럼이니까."

타치바나는 아무렇지도 않게 내 옆자리에 앉으며 말했다.

"부 활동하자."

"……오늘은 휴일이야."

"휴일 연습."

과연, 그렇단 말이지. 타치바나, 성실하구나.

◇

　타치바나는 하얀 줄무늬가 들어간 여름용 샌들을 신고 있었다. 굽이 두꺼웠다. 조금 더 낮은 걸 신어주지 않으면 나란히 섰을 때 체면이 서질 않는다. 그런 생각을 했다.

　"부장, 역시 기운이 없네."

　"무슨 소리야. 완전 쌩쌩하거든. 지금 당장 펄쩍펄쩍 뛰어다니고 싶을 정도인데."

　타치바나는 차창 밖으로 보이는 풍경을 바라보았다.

　시치미를 떼고 있었지만 날 뒤쫓아왔다고 밖에 생각할 수 없었다.

　전철은 우리 집을 향하고 있었고 타치바나네 집은 방향도 노선도 달랐다.

　"타치바나, 부 활동을 하자고 그랬는데 어디서 하려고?"

　"학교."

　"갈아타야겠네. 그건 그렇고 우리 사복이잖아. 큰일 나는 거 아냐?"

　"뒷문으로 들어가면 돼. 들켜봤자 선생님한테 이를 사람도 없을 테고."

　타치바나에게 불리한 짓을 할 학생이 없는 것도 사실이었다. 연애는 초보였지만 본래 주변이 따지지 못하게 하는 분위기를 지닌 여자아이였다.

새삼 타치바나의 얼굴을 옆에서 바라보았다. 긴 머리, 얇은 눈꺼풀, 긴 속눈썹, 오뚝 솟은 코, 하얀 볼. 마키가 타치바나를 페라리에 비유한 것에 납득이 갈 수밖에 없을 만큼 특별한 사람이었다.

현실감이 없어서 계속 바라보고 있자니 마음이 진정이 되질 않았다.

하야사카는 같이 있으면 안심된다.

타치바나는 같이 있으면 가슴이 설렌다.

그런 느낌이었다.

그렇게 얼굴을 옆에서 바라보고 있는데 별안간 타치바나가 옆으로 몸을 기댔다.

"타치바나?!"

"어깨톡."

조그마한 머리가 내 왼쪽 어깨에 실려 나는 좌반신으로 타치바나의 가냘픈 몸을 느꼈다.

"부장, 얼굴에 기운이 좀 돌아왔네."

"아니, 뭐, 그야."

아마도 타치바나가 부 활동을 하자고 말했을 때부터 나는 이런 것을 마음속 어딘가에서 기대하고 있었다. 그리고 지금 어깨톡을 당해 이대로 타치바나를 껴안고 싶다든가 키스하고 싶다든가 하는 충동에 휩싸였다. 언젠가, 하야사카에게 했던 것처럼.

그렇다.

변변찮게도 나는 하야사카가 풋살 모임에 가버린 쓸쓸함을 메우기 위해 분명 첫 번째로 좋아했을 타치바나를 하야사카의 대신으로 삼고 싶다고 생각했다. 정말로 구제할 방도가 없었다.

가볍게 내 뺨을 두드렸다.

"부장, 왜 그래?"

"아니, 비겁한 생각을 하는 바람에."

"어떤 생각?"

"그건 말 못해. 타치바나에 대한 생각이라."

"그래."

타치바나는 조금 사이를 두고 말했다.

"나는 딱히 상관없는데."

유리구슬 같은 눈동자가 나를 바라보았다.

마치 내 비겁한 마음을 전부 꿰뚫어 보는 것만 같았다.

하야사카 대신 타치바나를 안는 것.

──나는 딱히 그래도 상관없는데.

그렇게 말하는 것처럼 느껴진 건 내 제멋대로인 망상일까.

열차가 규칙적인 소리를 울리며 앞으로 나아갔다.

타치바나는 다시 한번 말했다.

"나, 부장이 상대라면 전혀 상관없어."

사복 차림으로 남들 눈을 피해 학교에 들어가는 것은 조금 스릴이 느껴졌다.

부실로 들어가 왠지 이상해서 웃음을 터트리고 말았다.

목덜미의 땀을 수건으로 닦아내며 "후후." 하고 웃는 타치바나도 즐거워 보였다.

"목마르다."

"잠깐만."

나는 냉장고에서 보리차를 꺼냈다. 컵을 건넬 때 일부러 손가락에 닿았다. 타치바나는 딱히 싫다는 표정도 없이 컵을 받아들었다.

"책, 여기에 둘게."

타치바나는 전철 역사에서 산 책을 책장에 꽂았다.

그리고 우리는 읽다 만 소설을 각자 조용히 읽었다.

나는 소설보다도 맞은편에 앉은 사복 차림의 타치바나에게만 시선이 쏠렸다.

짧은 바지도 반소매도, 모두 교복을 입었을 때보다 소매가 짧아서 평소보다 하얀 피부가 크게 드러났다. 여름날 휴일의 타치바나. 무척 귀중한 일상의 모습이었다.

"지금쯤 좋아하는 사람과 함께 운동하고 있겠네."

내 시선을 눈치챘는지 타치바나가 책을 내려놓고 말했다.

"하야사카, 잘됐으면 좋겠다."

"그러게."

"풋살은 몸을 부딪치게 되지?"

"그렇지."

"하야사카, 설레고 있겠네."

"그럴지도 모르지."

"부장, 왜 떨어?"

"이 방 에어컨 온도가 너무 낮아서 그래……."

"응원할 거면 하야사카한테 이거 가르쳐주지?"

타치바나의 손에는 연애 노트 별권이 있었다.

총 13권이 존재하는 연애 노트 중 13번째 금서에 해당하는 노트였다.

저자가 고안한 많은 게임이 수록되어있었다.

"아니, 그건 망상의 산물이야."

남녀가 친해지기 위한 게임으로 소개하고 있었지만, 그것을 핑계 삼아 여자와 부대끼고 싶다는 저자의 소망이 노골적으로 드러나 있었다.

아마도 저자는 연애를 연구하다 보니 먼저 자신부터 여자와 꼭 좀 사귀고 싶다는 기분이 들어 마지막 노트에서 결국 폭주하고 만 것이리라.

"다 소개팅 자리에서 흑심 있는 남자가 할 법한 게임이야."

"그래도 남자가 여자한테 하고 싶은 거지?"

바로 그 말씀.

"그러면 하야사카가 그걸 해주면 그 선배도 좋아하는 거 아냐?"

"글쎄, 효과가 있는지도 의심스러운데."

"그럼, 시험해보자."

"시험해?"

"나랑 부장이, 실험해보자."

펼친 페이지에는 '귓가에 미스터리'란 게임을 소개하고 있었다.

하고 싶었다.

미스연 선배들이 봉인한 남녀 간의 금지된 게임을 타치바나와 해보고 싶었다.

하지만 타치바나에게 남자친구가 있다는 사실은 변함없었다. 두 번째끼리 사귀는 것을 허용하면서도 이런 세간의 상식을 신경 쓰는 나 또한 존재했기에 쉽게 하자는 말은 꺼내지 못했다. 그래서——.

"오늘은 이만 가자. 시간도 늦었어."

"아직 3시인데?"

밖은 구름 한 점 없이 맑아서 매미가 쉴 새 없이 울고 있었다.

"그래도, 알았어. 그냥 갈게. 왠지 난처한 부탁을 한 것 같네."

미간을 찡그리며 연애 노트를 덮는 타치바나.

"난처하진 않은데."

"부장, 난처하다는 표정이었어."

나 때문이지, 그런 말을 했다.

"이제 부탁 안 할게."

쓸쓸한 표정 그대로 돌아갈 준비를 시작했다.

마치 내가 상처를 준 것 같아 가슴이 아팠다. 어디서 본 듯한 전개였으나 이것은 어쩔 수 없는 일이었다.

나는 뺨을 양손으로 두드리고 스위치를 켰다.

"야, 거기 안 서?!"

나는 타치바나의 옆자리에 앉았다. 그리고 곧 그녀의 귓가에 대고 속삭였다.

"셜록 홈스의 모험."

그 타이틀을 듣고 이번에는 타치바나가 내 귓가에 속삭였다.

"아서 코난 도일."

귓가에서 타치바나가 속삭이는 목소리를 듣고 내 의지와는 상관없이 등줄기에 쾌감이 달렸다. 타치바나의 목소리가 아름다웠다.

"부장, 의욕이 넘치네?"

얼굴을 떼고서 타치바나가 미소를 지으며 말했다.

"그럼, 해볼까?"

"그래, 해보자."

귓가에 미스터리.

결국 해보기로 했다.

귓가에 미스터리란 한 사람이 미스터리 소설의 타이틀을 말하고 다른 한 사람이 그 저자를 맞추는 퀴즈 형식의 게임이었다.

평범한 퀴즈와 다른 점은 출제와 대답을 상대의 귓가에 속삭이며 행하는 점.

이 게임이 즐거운 게임이 될지, 그렇지 않을지는 게임을 하는 사람의 센스에 달렸다고 주석이 달려 있었다. 다만 이 게임을 만든 저자의 의도는 뻔했다.

"지금 자세 그대로 괜찮나?"

"괜찮을 것 같아."

우리는 방구석에 있는 소파에 나란히 앉아 몸을 비틀고 마주보았다. 그리고 얼굴을 가까이해 교차시켰다. 서로의 귓가가 입 근처에 오는 모양새였다.

타치바나는 머리를 넘기고 귀를 보였다. 얼굴이 다가가자 뭔가 좋은 향기가 났다.

"서로 문제를 내면 되지?"

"그럼 부장부터."

게임이 시작되어 우선 내가 제목을 말했다.

"그리고 아무도 없었다."

"애거사 크리스티."

타치바나가 대답하고 이어서 문제를 냈다.

"도구라 마구라."

"유메노 큐사쿠."

우리는 서로에게 제목을 말하고 작가를 맞추었다.

여름, 밀실 속에서 메트로놈처럼 일정 리듬이 생겨났다.

귓가에서 속삭이는 타치바나의 목소리가 무척 부드러워 어째 취한 듯한 기분이 들었다.

그러한 목소리를 내도록 타치바나도 의식하고 있는 것 같았다.

"괴도 신사 뤼팽."

"모리스 르블랑."

"악마가 와서 피리를 분다."

"요코미조 세이시."

타치바나의 숨결이 귓가에 닿을 때마다 등줄기가 오싹거렸다. 그리고 왠지 나도 도발하고픈 생각이 들어 목소리를 조금 깔고 그녀의 귀에 숨결이 닿도록 목소리를 냈다.

"마리오네트의 덫."

"아카가와 지로."

"덧없는 양들의 축연."

"요네자와 호노부."

이것은 퀴즈가 아니었다. 서로의 귀에 숨결을 불어넣는 게임이었다.

타치바나의 숨결이 귓가를 간지럽혔다. 고막을 쓰다듬는 듯한 속삭임.

때로는 높고 때로는 낮았으며 강하고 약했다.

내가 어깨를 떨 때도 있으면 타치바나가 어깨를 떨 때도 있었다. 줄곧 일정 리듬으로 이어갔다. 말에는 의미가 없었고 아무런 생각도 할 수 없었다. 머리가 텅 비어버릴 것만 같았다.

타치바나의 귀밖에 눈에 들어오지 않았다. 타치바나의 목소리만이 들려왔다. 타치바나밖에 생각할 수 없었다.

확신했다. 연애 노트 저자는 틀림없이 IQ 180이었다.

"이니시에이션 러브."

"이누이 쿠루미."

"고백."

"미나토 카나에."

우리는 어느샌가 찰싹 달라붙어 있었다. 한쪽 무릎이 맞닿도록 앉아있었을 텐데 타치바나의 무릎이 내 다리 사이에 와있었다. 거의 껴안은 상태나 다름없었다.

이성이 무너져갔다.

타치바나는 아까부터 내가 낮은 목소리로 대답할 때마다 등줄기를 움찔거리며 "앗." 하고 달콤한 숨결을 흘렸다. 숨도 거칠었다. 나는 흥분해 같은 짓을 되풀이했다. 더, 느끼길 바랐다.

"패럴렐 월드 러브 스토리."

"히가시노 게이고."

"모모세, 여기를 봐."

"나카다 에이이치."

타치바나의 윤기 있는 머리카락, 타치바나의 새하얀 목덜미, 타치바나의 향기, 타치바나의 숨결.

단둘이 방 안에서 서로에게 속삭이며 귀에 숨을 불어넣을 때마다 어깨를 떠는 타치바나.

그래, 이 가냘픈 어깨를 더 떨리게 하고 싶었다. 몸부림치게 하고 싶었다. 녹여버리고 싶었다. 그리고 내 귓가에 더 숨을 불어넣어 주길 바랐다. 날 느껴주길 바랐다. 날 부숴버리길 바랐다.

"부서져 흩어지는 모습을 보여줄게."

"타케미야 유유코."

그때였다.

"앗?!" 하고 무심코 이상한 소리를 내고 말았다.

"왜 그래?"

"아니, 지금, 혀가——."

귀의 윤곽을 따라 혀가 핥고 지나가는 느낌이 들었다. 닿을락 말락 하긴 했으나 확실한 촉촉함을 느꼈고 믿기 힘들 정도의 쾌감이 등줄기를 달렸기 때문이다.

"그러게. 닿았을지도 모르겠다."

담담하게 말하는 타치바나는 태연해 보였다. 그래, 그럴 수도 있겠지.

"계속하자."

"……그래."

우리는 또 서로의 귀에 숨을 불어넣는 작업으로 돌아갔다.

그러나 어느새 나는 방어에만 전념하게 되었다. 때때로 타치바나의 혀가 닿았기 때문이다.

사람이 서투른 면이 있어서 그런 거겠지. 그때마다 나는 그 쾌감에 목을 움츠리고 말았다.

그런 자극에도 조금 익숙해졌을 때였다.

"어흐엇!" 하고 또다시 이상한 소리를 지르고 말았다.

"부장, 리듬이 깨지잖아."

"아니, 뭐라고 해야 하지? 귀를 물린 것 같았거든."

"물리면 아플 거 아냐."

"그러게. 아프진 않았어. 강아지가 주인에게 하듯이, 그래,

살포시 깨무는 듯한 감촉이었어.”

“그래? 그럼, 살짝 닿았을지도 모르겠다.”

“……그러면, 어쩔 수…… 없, 지!”

말하는 도중에도 귀에 혀가 닿고 있었으나 그 또한 어쩔 수 없었다.

재개한 뒤로도 중간중간 귀를 혀로 핥거나 살짝 깨무는 바람에 그때마다 나는 몸부림을 쳤다.

의식이 점점 녹아내렸다.

“부장, 안색이 좋아졌네. 전철 안에선 새파랬는데. 하야사카를 좋아하는 거 맞지? 그래서 실망한 거지? 힘이 좀 나?”

“아니, 그보다——.”

어느새 나는 소파에 뒤로 쓰러져 있었다.

그런 내게 타치바나가 매달려 있었다.

“이건, 저기…….”

“그냥 게임 하는 거잖아. 싫어?”

타치바나는 무척 예민한 감성의 소유자였다. 그리고 쿨한 외견과는 반대로 서비스 정신이 왕성하기도 했다. 내가 리스트의 ‘한숨’을 좋아한단 걸 알고선 이웃한 음악실에서 피아노 연습을 할 때마다 반드시 한 번은 그 곡을 쳐 줬다.

분명 타치바나는 완벽하게 이해하고 있었다.

하야사카가 야나기 선배에게 가서 내가 풀이 죽은 것도, 내가 그 빈자리를 메우기 위해 타치바나를 만지고 싶어 한 것도, 그런 내 비겁한 마음도 전부 이해한 뒤에 해주고 있었다.

보통은 그럴 수 없다. 혹시, 나를.

좋아하는 거 아냐?

그렇게 생각했다. 묻고 싶었다. 하지만 대신 나는 대답했다.

"……싫지 않아."

"그럼 계속하자."

타치바나의 호의에 기댔다. 현기증이 날 것 같은 여름의 더위에 책임을 전가하고서.

"리듬을 살리고 싶으니까 여기부터는 내가 전부 문제를 낼게. 부장은 답만 맞춰."

"알았어."

타치바나는 내 머리를 양손으로 붙잡곤 꽤 직접적으로 귀를 핥기 시작했다. 윤곽을 훑는 모양이 아니었다. 복잡한 귀의 안쪽 라인을 따라 핥거나 옴폭 팬 곳에 혀를 집어넣고 귓불을 입에 머금으며 살짝 깨물기도 했다. 타치바나의 입에서 나는 소리가 귀에 직접 들어왔다.

머릿속이 저렸다.

나는 그저 상황에 몸을 맡기고 귀를 유린당했다. 이따금 타치바나의 질문이 들려왔고 내가 대답했다.

"아수라 걸."

"마이조 오타로."

"디스코 탐정 수요일."

"마이조 오타로."

타치바나, 마이조 오타로를 좋아하는구나.

그런 생각을 했으나 그런 변명 같은 퀴즈는 전혀 귀에 들어오지 않았고 그저 타치바나의 타액이 내는 소리와 거친 숨소리만이 귀를 가득 메웠다. 그런 시간이 줄곧 이어졌다.

"스쿨 어택 신드롬."

"마이조 오타로."

"연기, 흙 혹은 먹이."

"마이조 오타로."

나는 정신을 놓은 지 오래였다. 눈을 감고 타치바나의 혀와 입술의 감촉을 귀로 느꼈다. 녹아내린다.

타치바나도 흥분했다. 거친 숨과 함께 그것이 전해져왔다.

그러나 타치바나는 깨달아야 했다. 나도 남자이기에 이런 짓을 당하면 흥분해서 타치바나에게 이런 짓 저런 짓을 하고 싶어진다. 내가 몸부림치면 타치바나가 기뻐하는 것처럼 나도 타치바나를 어떻게든 해버리고 싶고 괴롭히고 싶다.

그래서 나는 마지막 힘을 쥐어짜 반격했다.

고개를 들어 타치바나의 귀에 혀를 집어넣었다. 그리고 조금 난폭하게 움직였다.

"햐히익!"

타치바나는 그 일격 하나로 소리 아닌 소리를 지르며 몸을 떨고는 내 위로 무너져내렸다.

공격엔 강하지만 방어엔 무척 약하다. 즉 그런 것이었다.

나는 마무리로 귓가에 속삭였다.

"좋아 좋아 너무 좋아 정말 사랑해."

순간 타치바나가 놀란 듯이 고개를 들었다.

"아, 저기, 부장, 그건⋯⋯?"

딱 봐도 혼란에 빠졌다.

어른스러운 외견과는 반대로 마음은 여전히 연애 뉴비.

고백한 것은 아니었다. 문제를 냈을 뿐이다. 나는 그 작품의 부제도 말했다.

"Love Love Love You I Love You!"

타치바나는 그제야 그것이 퀴즈란 사실을 깨닫고 얼굴을 새빨갛게 물들이며 답했다.

"마이조오!"

몸을 일으키려 했으나 힘이 들어가지 않아 곧 주저앉았다.

"오오타로오!"

힘이 빠지는 타치바나.

거기서 우리는 제정신을 차렸고 게임은 끝났다.

침착해진 우리는 말없이 돌아갈 준비를 시작했다.

대체 우린 뭘 하고 있었던 걸까. 그것은 아마도, 백일몽이었으리라.

"연애 노트 별권이 왜 금서가 됐는지 어렴풋이 알 것 같기도 해."

"그러게. 가볍게 시도할 게임은 아닐지도 모르겠다."

타치바나도 평소 분위기로 돌아왔다. 마치 아무 일도 없었던 것처럼.

하지만 귀에는 아직 감촉이 남아있었다.

"그리고."

일이 이렇게 되었으니 아무리 나라도 말하지 않을 수는 없었다.

"이런 짓은 남친 있는 여자애가 하면 안 돼."

기어코 내 쪽에서 남자친구란 존재를 언급했다.

그러나 돌아온 것은 예상 밖의 대답이었다.

"왜?"

"어?"

"왜 남친이 있으면 하면 안 되는데?"

타치바나가 너무나도 솔직하게 되물어서 나는 당황했다.

"아니, 이런 건 역시 반대할 거고 허락도 안 할 거 아냐."

"누가 반대하는데? 누가 허락하는데?"

"세간, 이라든가."

"세간이 누군데?"

누구라고 답했다간 그 누군가에게 따지러 갈 기세였다.

"내가 부장이랑 뭔가를 하는 데 다른 사람의 찬성이나 허가가 필요해?"

"그건 아닌데."

그렇게 말하며 나는 당연한 대답을 떠올렸다.

"타치바나 남친한테 미안하잖아."

"남친 아냐."

간발의 차도 없이 타치바나가 말했다.

그 말에 나는 기대했다. 실은 사귀는 사이가 아니었다는 최고의 대답을.

그러나 현실은 냉혹했다.

"약혼자야."

타치바나가 말했다. 남자친구가 아니라 약혼자, 즉 결혼을 약속한 사이.

고등학교를 졸업하면 결혼한다는 모양이다.

3.5화 타치바나 히카리

타치바나 히카리가 침대에 누워 태블릿을 만지작거리고 있는데 어머니가 노크를 하며 들어왔다.

"뭐 하니?"

"샌들 봐."

히카리가 열어놓은 페이지는 대형 쇼핑 사이트의 상품 페이지였다.

"저번에 사지 않았어?"

"조금 힐이 낮은 거 갖고 싶어서."

"웬일이니. 항상 높은 것만 신었으면서. 키가 작아 보이고 싶어졌어?"

"그냥, 조금."

"사도 딱히 상관없어. 평소에 낭비도 안 하잖니."

"아니, 실은 했어."

히카리는 겸연쩍다는 듯이 머리를 긁적이며 태블릿의 화면을 보여주었다. 전자책의 구매 이력이 표시되어 있었다. 순정만화 시리즈를 세트로 구매한 것이 몇 건이나 보였다.

"히카리는 그런 취미 없는 줄 알았는데."

"요즘, 궁금해서."

"또래 애들보다 많이 늦은 것 같구나."

히카리의 어머니는 그 모습이 이상하다는 듯이 웃었다.

"딱히 상관없어. 순네 부모님 덕에 회사도 잘 돌아가니까. 돈 걱정은 안 해도 돼. 넌 아직 어리니까, 더 어리광부려도 되고."

"엄마, 나, 이제 어린애 아냐."

히카리가 말했다.

"사람들 마음 같은 것도 알게 됐거든. 좋아한다거나, 그런 것도."

"그래 알았다, 순정만화를 읽고서 말이지?"

히카리의 어머니가 말했다.

"순이랑은 잘되어 가니?"

"문자 오면 답장도 하고 한 달에 한 번은 같이 식사도 해."

그보다 하고 히카리는 미간을 찌푸리며 불쾌하다는 표정을 짓고서 말했다.

"학교에 있는 순네 친척이 귀찮게 구는데."

"어떻게?"

"남친인 척해. 다들, 그 사람이 내 남친인 줄 알아."

"이상한 사람이 꼬이지 않도록 해주는 거야."

"그런 거 필요 없어."

"그래도 사이좋게 지내렴. 순네 친척이니까."

"그거야 나도 아는데."

"다음에 부모님들이랑 같이 식사하기로 했거든. 너도 오렴."

"부 활동으로 바빠."

"부탁할게."

히카리의 어머니는 그렇게 말하고 방을 나갔다.

동시에 스마트폰이 진동을 울렸다. 하루에 한 번 슌이 꾸준히 보내오는 문자였다.

히카리는 그것을 확인하지도 않고서 스마트폰을 내던졌다.

그리고 침대에 쓰러지며 사이드 테이블 위에 놓아둔 영수증을 집어 들었다.

전철 역사의 카페에서 키리시마가 한꺼번에 계산을 한 영수증이었다. 키리시마가 필요 없다고 해서 타치바나가 받아왔다. 그날의 날짜가 인쇄되어 있었다.

"이 홍차 부분은 필요 없겠다."

그대로 베개에 얼굴을 파묻었다.

"부장."

중얼거리며 다리를 파닥거리고 또 중얼거렸다.

"부장, 부장, 부장, 부장, 부장, 부장, 부장, 부장, 부장, 부장, 부장, 부장, 부장, 부장."

한동안 그러고 있다가 히카리는 고개를 들었다.

"숨 막힐 것 같아."

제4화 이름 없는 편지

　미스연 부실 근처에 있는 연결 통로는 고백의 명소로 유명했다.

　그날도 나는 소파에 누워 몸을 감추고 있었다.

　활짝 열린 창밖으로 남녀의 목소리가 들려왔다.

　"갑자기 불러내서 미안해. 불편하게 한 건 아니지?"

　남자 쪽은 농구부 3학년, 화려하게 꾸미고 다녀 눈에 띄는 선배였다.

　"그, 그런 건 아닌데요."

　머뭇거리는 목소리는 하야사카.

　하야사카가 이 연결 통로에서 고백받은 것은 내가 아는 것만 세어봐도 네 번째였다.

　"긴장 안 해도 돼. 그보다, 긴장은 내가 더 되네. 있잖아, 지금이 어떤 상황인지 알지?"

　"아마, 도요."

　"혹시, 이런 일 자주 있어?"

　"가끔 있어요."

　"그래, 그렇구나."

　분위기로 이 고백이 성공 못 하리란 사실을 깨달은 모양이었다. 그러나 여기까지 왔으니 할 수밖에 없었다.

"나, 계속 널 좋아했거든. 그래서, 갑작스럽겠지만 나랑 사귀어줄래?"

하야사카는 잠시 사이를 두고는 "죄송해요."라고 대답했다.

"혹시, 이미 남친 있어?"

잠깐의 공백 뒤 하야사카가 가는 목소리로 말했다.

"…………없어요."

그래, 그러면 돼. 남자친구가 있다고 말하면 안 돼.

잘못해서 야나기 선배에게 전해지기라도 하면 큰일이다.

"좋아하는 사람이 있어요. 그러니까……죄송해요."

한 사람이 달려서 사라지는 발소리가 들려왔다.

"끝났냐?"

반대편 소파에 누운 마키가 말했다.

점심시간, 이 남자와 함께 점심을 먹던 중 이 고백극에 조우한 것이다.

"아직 안 일어나는 게 좋을걸."

자리를 떠난 하야사카와는 달리 다른 한 사람이 남아있었다.

실연을 겪은 학생은 한동안 이 연결 통로에서 우수에 젖는다. 한 번 몸을 너무 빨리 일으키는 바람에 눈이 맞아 불편한 경험을 한 적이 있었다.

"여자도 귀여우면 고생이구만."

마키가 말했다.

"하야사카 녀석, 요즘 특히 더 고생하나 봐."

"미키 쌤한테 뭐 들었어?"

"그냥 뭐."

이 남자는 이 학교 학생회장을 맡았으면서 교사와 사귀고 있었다.

영어 담당인 미키 쌤. 대학을 졸업한 지 2년째로 상냥한 성격의 소유자였다. 마키는 많은 이야기는 하지 않았지만 다른 여자에게 관심을 보이지 않는 모습을 보건대 두 사람은 잘되고 있을 것이다. 제멋대로 구는 마키를 미키 쌤이 봐주는 식의 관계이겠지.

그리고 미키 쌤은 선생으로서 학생들에게도 살가워서 여학생들이 상담받는 일도 많았다.

그것이 이번에는 하야사카였다.

"요번에 체육복이 사라지거나 기분 나쁜 러브레터를 받거나 했다나 본데."

"기분 나쁜 러브레터?"

신발장에 들어있었다고 한다.

"이름도 안 쓰여 있어서 누가 보냈는지 모른단다. 그랬는데 다음 날 편지로 대답을 재촉했다나."

그건 좀 무섭다.

"집 근처까지 우리 학교 교복을 입은 남자가 따라온 적도 있대."

"하야사카, 괜찮을까."

그런 일이 벌어지고 있다곤 들은 적이 없었다.

"뭐, 그렇게까지 고민이 깊어 보이진 않았다던데."

마키가 말했다.

"귀여운 여자애들은 있잖냐, 그런 일이 터지면 '또야?' 하고 느낀다더라. 리코더가 사라진다거나 하는 걸 어렸을 적부터 한 차례 겪어봐서 그렇겠지."

"그런 건가?"

"하야사카는 기도 약하고 소극적이잖아? 밀어붙이면 가능성이 있어 보이니 고생이 많지 않았을까? 이상한 남자들이 달라붙는다든지, 여자들한테 트집이 잡힌다든지."

"있을 법하네."

그렇게 말하며 나는 몸을 일으켰다.

이 정도면 이제 연결 통로엔 아무도 없을 것이다. 그러나——.

창문 밖을 보고서 눈이 딱 마주쳤다.

생각지도 못하게 하야사카가 남아있었다.

나를 눈치채자 몸짓 손짓으로 메시지를 보내왔다.

'지금 거기 가도 돼?'

나밖에 없다고 생각했을 것이다.

이어서 장난스럽게 가슴 근처에 손으로 하트 모양을 만들었다. 이것이 커다란 실패였다.

"어? 이거, 뭐냐?"

뒤늦게 몸을 일으킨 마키가 나와 하야사카를 번갈아 바라보며 말했다.

"어째 분위기가 평범한 친구 사이가 아닌데? 그보다 내가 아

는 하야사카도 아니고. 지금 완전히 여자의 얼굴이었어. 우와,
뭔가 굉장하네. 이미지가 확 바뀌는구만."

하야사카는 살포시 양손으로 얼굴을 덮었다.

'방금 일 다 없었던 셈 쳐줘.'

그런 목소리가 들려올 것만 같았다.

"정말 미안해."

하야사카는 양손으로 얼굴을 가린 채 말했다. 이후 부실로 들
어와 내 맞은편에 앉았지만 여전히 얼굴을 보이지 못하고 있었
다.

"키리시마도 부끄러웠지, 마키한테 들켜서."

"그냥 조금."

나중에 자세히 듣자, 마키는 그렇게 말하고 히죽거리며 서둘
러 부실을 빠져나갔다.

"키리시마를 쑥스럽게 만들어주려고 그랬던 거야. 미안해."

"괜찮아, 신경 안 써."

"정말?"

손가락 사이를 벌리고 하야사카가 이쪽의 모습을 살폈다.

"화 안 났어?"

"그럴 리가."

내가 말하자 하야사카는 그제야 손을 내렸다.

"마키, 다른 사람한테 말 안 하려나?"

"말 안 할걸. 이런 쪽으론 의외로 입이 무거운 타입이야."

하야사카는 진정이 됐는지 신기하다는 듯이 방을 둘러보았다.

"여기가 미스연 부실이구나. 편해 보여."

"원래 손님 맞이방이거든."

"타치바나랑은 잘 되어 가?"

"어렵지."

"미안해, 알고서 물어본 거야. 키리시마, SNS 보고 있지?"

"일과니까."

"정신 건강에 안 좋아, 분명해."

"내성이 생겨서 괜찮아. 이제는 하루에 한 번 SNS를 보고서 이를 갈지 않으면 참을 수가 없어. 내일도 모래도 이 분함을 맛보고 싶어."

"진짜로 그러는 거 같다니까."

하야사카는 재미있다는 듯이 웃었다.

"그럼 알고 있겠네."

"타치바나가 남친이랑 같이 공부하는 거라면야."

요 며칠 타치바나는 남자친구와 함께 도서실에서 시험공부를 하고 있었다.

남자친구의 SNS에는 그 사진이 빈번히 올라왔다. 타치바나가 노트에 필기하는 모습이나 교과서를 읽고 있는 옆모습이 말이다. 여담으로 미스연은 시험 기간에 활동을 쉬기로 했다.

"공부라면 키리시마한테 배울 줄 알았어. 키리시마가 성적이 더 좋잖아."

"아무리 그래도 남친과의 인연은 이길 수 없지."

그리고 실은 그냥 남자친구도 아니었다.

약혼자.

고등학교를 졸업함과 동시에 결혼하다니, 너무 차원이 다른 얘기라 어쩔 도리가 없었다.

"키리시마, 지금 풀 죽은 게 뻔히 보여."

"미안해, 같이 있는데."

"아니야, 아마 기운 없을 것 같아서 힘을 북돋아 주려 했거든. 타치바나가 없어도 내가 있잖아, 그렇게. 나로는 안 돼?"

"그렇지 않아. 난 하야사카가 참 좋아."

내가 그렇게 말하자 하야사카는 천천히 자리에서 일어나 소파 맞은편 자리에서 내 옆자리로 이동했다. 그리고 검지를 세우고 기대에 가득 찬 눈빛으로 말했다.

"키리시마, 지금 거 한 번만 더 해줘."

"…………난, 하야사카가 참 좋아."

다음 순간 하야사카는 내 팔을 껴안더니 이 이상 없을 만큼 힘을 주며 달라붙었다.

상반신뿐만 아니라 다리까지 들이밀었다. 무심코 짧은 치마에 시선이 가고 말았다.

"하야사카, 무슨 속셈으로 이러는 거야?"

"키리시마를 격려해주고 싶어서. 타치바나가 남친과 친하게 지내서 힘들지?"

"여기, 학교야."

"나 있지, 키리시마를 만지거나 날 만져주는 걸 좋아하나 봐. 병문안 와줬을 때, 같이 침대에 들어가서 느꼈어."

"그때 과격한 행위는 하지 말기로 규칙을 정한 거 기억해?"

"내 몸매, 나쁘지 않다고 생각하거든. 남자들이 그런 눈으로 볼 때도 많고 아까 고백해온 사람도 가슴 같은 델 엄청 바라보는 거 있지."

"하야사카, 내 말 들려?"

그러나 하야사카는 멈추지 않았다.

"그래서 키리시마에게 힘을 북돋아 주고 싶어. 기쁘게 해주고 싶어. 내 몸으로."

"하야사카, 본인은 모르겠지만 엄청난 소리 하고 있는 거 알아?!"

"다른 남자들이 그런 눈으로 보는 건 싫지만, 상대가 키리시마라면 좋아."

방금 내 시선을 느꼈을 것이다. 하야사카는 내 손을 잡더니 치마에서 뻗어 나와 소파에 올라간 하얀 다리, 그 허벅지 사이로 손을 이끌려 했다.

"잠깐잠깐, 잠깐만 기다려 봐."

"어? 왜? 키리시마, 날 만지고 싶은 거 아냐?"

"아니, 아무리 그래도 이건 너무 앞서간 거야. 갑자기 왜 그래?"

내가 그렇게 말하자 하야사카는 마치 어린아이 같은 표정으로

"앞서갔다고?"라며 갸웃거린 뒤 잠시 후 "아, 그렇구나."라고 말하며 고개를 끄덕였다.

"우선 이쪽부터지? 나, 이것도 엄청 좋아해."

그렇게 말하며 눈을 감고 내 쪽을 향해 턱을 들어 올렸다.

완전히 키스를 기다리는 자세였다.

대체 무슨 일일까. 그저 나의 좋아한다는 말에 이렇게나 폭주하다니.

무언가 이유가 있겠으나…… 그건 그렇다 쳐도, 이거야 원——.

"하야사카. 아까 행동, 전혀 반성 안 했지."

나는 창문을 손가락으로 가리켰다.

커튼을 치지 않으면 이 방은 연결 통로에서 훤히 보였다.

그리고 지금 연결 통로에서는 마키가 이쪽을 향해 손을 흔들고 있었다.

하야사카는 무척 조용히, 다시 손으로 얼굴을 덮었다.

"이제 학교에서 그런 짓 안 할게. 타치바나가 보면 큰일이잖아. 나, 키리시마를 난처하게 만들고 싶지 않아. 정말이야."

하야사카는 이번에야말로 냉정해진 모양이었다. 그리고 마키도 이번에야말로 자리를 떠났다.

나는 하야사카를 소파에 앉히고, 홍차를 좋아하는 그녀가 마실지는 모르겠지만, 드립 커피를 내려주었다. 기본적으로 부실을 사용하는 것은 나와 타치바나여서 이곳에는 커피밖에 없었다.

"무슨 일이야, 갑자기. 그런 행동을 다 하고."

내가 말하자 하야사카는 어색하다는 듯이 시선을 돌리며 말했다.

"……요즘 왠지 키리시마가 날 피하는 것 같아서."

"그럴 생각은 아니었는데."

"그치만 미스연이 쉬는데 평일에 전혀 못 만났잖아."

"미안해, 시험공부로 바빠서……."

"그, 그렇지? 시험 기간이니까. 공부를 소홀히 하면 안 되겠지."

내 착각이지? 그렇게 말하며 하야사카가 얼굴을 붉혔다.

"불안했는데 좋아한단 말에 기뻐서 감정을 주체할 수 없었나봐. 미안해, 귀찮게 굴어서."

하야사카는 얼버무리듯이 테이블 위에 놓인 내 필통에서 연필을 한 자루 꺼내 들고 만지작거리기 시작했다.

"전부터 궁금했던 거 물어봐도 돼?"

"응."

"키리시마는 왜 연필을 써?"

"초등학생 때부터 습관이라 그런가. 딱히 의미는 없어."

나는 매일 뾰족하게 깎은 연필 열두 자루를 들고 수업에 임했다.

"난 꽤 좋아해. 키리시마 연필."

"그럼 줄게. 두 자루."

"정말? 고마워."

하야사카는 연필을 양손에 들고서 방긋 웃었다. 광고로 만들어 내보내면 연필 매상이 20% 정도는 오를 만큼 귀여웠다.

그 뒤로도 하야사카는 여러 가지를 물어보았다.

안경은 어디서 사?

키리시마는 여름에도 꼭 넥타이를 매지? 왜?

"남자들에 대해선 정말로 하나도 모르겠거든. 궁금한 건 많은데."

"그냥 물어보면 돼."

하야사카가 상대라면 분명 다들 기쁘게 대답해줄 것이다.

"그래도 난 키리시마 말고 다른 사람한텐 말을 잘 못 걸겠어. 타이밍도 잘 모르겠고 모두와 같이 있어도 결국 고개를 끄덕이는 것밖에 못 하겠어."

알고 있었다. 하야사카는 항상 모두의 중심에 있었지만, 무척 요령이 없고 귀엽기도 해서 조금 붕 뜬 존재였다.

"거기다 그렇게 쉽게 말을 못 걸겠어. 혹시 걔 좋아하는 거 아냐? 그렇게 놀린단 말야. 또⋯⋯."

"착각해서 난처해지니까?"

하야사카는 말하기 힘들다는 듯이 "가끔 그래."라며 힘없이 웃었다.

"요즘 그런 일 때문에 힘든 적 없었어?"

"괜찮아. 아까도 고백받았지만 익숙하거든."

"그래. 그럼 체육복이 사라졌다거나 이름 없는 러브레터가 신발장에 들어있었다거나 집 근처까지 남자가 따라왔다거나 한 적은 없는 거지?"

"어?"

하야사카가 놀라서 잠시 굳었다.

"……키리시마, 알고 있었어?"

"미안해, 어쩌다 보니 조금 들었어."

"걱정 안 해도 돼. 불안한 건 맞지만 요즘은 러브레터도 안 왔고 집에 갈 때도 친구랑 같이 가려고 하고 있거든. 이제 괜찮아."

"이런 일이 자주 있어?"

"고등학교에 올라와선 별로 없었어. 남친이 있다고 말하면 사라질까? 그러면 이상한 짓도 안 해올 테고 고백도 줄어들지 모르겠다."

그렇게 말하고서 하야사카는 "그게 아냐."라며 황급히 손을 저었다.

"딱히 키리시마와의 관계를 오픈하고 싶다거나 그런 건 아냐. 그런 짓을 하면 키리시마는 타치바나와 가까워지기 힘들어지잖아."

"하야사카도 남친이 없는 게 나아. 상대가 다른 학교라 해도 누가 어떻게 이어져 있을지 모르니까."

"맞아, 그렇지."

하야사카는 "그럼 슬슬 교실로 갈게."라고 말하며 일어섰다.

"있지, 키리시마."

"왜?"

"나, 키리시마 여친 맞지?"

"새삼스럽게 물어볼 것도 없잖아."

하야사카는 만족스럽다는 듯이 "에헤헤." 하고 웃더니 부실을 나갔다.

혼자가 되어 나는 머리를 긁적였다.

내가 자신을 피하고 있을지 모른다며 하야사카가 불안해하는 것도 어쩔 수 없는 일이었다. 시험 전이라 미스연 활동을 중지한 지금, 사실은 더 함께 있을 수도 있었다.

시험공부로 바쁘다고 했던 말은 거짓말이었다.

나는 주머니에서 몇 장의 편지지를 꺼냈다.

하야사카는 말했다.

"요즘은 러브레터도 안 왔고."

그럴 만도 했다. 요 며칠 내가 하야사카 몰래 회수했으니까.

걱정하지 말라고 하야사카는 말했다.

미키 쌤, 그러니까 미키 선생님 앞에서도 고민이 깊은 모습은 없었다고 마키가 말했다.

그러나 그런 것은 주변을 배려해 억지로 참고 있을 뿐이다.

폐를 끼치지 않도록, 사실은 무섭지만 모든 것을 혼자 끌어안으려 하고 있었다.

하야사카는 그런 여자아이였다. 약하면서 금세 무리를 했다.

그래서 나는 하야사카를 겁준 범인을 처리하기로 했다.

◇

"뭐야, 다 알고 있었냐."

마키가 말했다.

체육 수업 중, 우리는 운동장 구석에 서서 얘기하고 있었다.

"뭐, 그렇지. 하야사카는 계속 체육복을 빌려 입었잖아."

테니스 코트에서는 여자들이 테니스를 치고 있었다.

하야사카의 체육복은 보건실에 마련된 구형 체육복이었다.

"눈치 못 채는 게 이상하지."

하야사카가 신발장에서 편지를 손에 쥔 채 얼굴을 딱딱하게 굳히고 있던 모습도 몇 번이나 보았다.

"그건 그렇고 집 근처까지 찾아온 남학생은 나야."

"키리시마라고? 어떻게 된 거야?"

"스토킹 당하진 않는지 멀리서 감시하고 있었지."

"그거, 네가 스토커 아니냐?"

"역시 그런가?"

집에 들어갈 때까지 지켜보려 했는데 갑자기 돌아보길래 당황했다. 얼굴은 보이지 않았지만 그 때문에 날 수상한 사람이라 인식하고 말았다.

"그럼 편지랑 체육복이 문제인 거네?"

"그렇지. 그리고 아마도 범인은 부 활동을 하는 학생 중에 있어."

신발장에 편지를 집어넣을 수 있는 타이밍은 방과 후밖에 없었다.

"시험 기간이라도 알아서 연습한다며 남아있는 학생은 많아. 우리 학생회도 남아있고. 범인 찾기 힘든 거 아니냐?"

"아니, 그렇지도 않아."

내일이나 내일 모레에는 알게 될 일이지 라고 나는 말했다.

"정말로? 이런 범인 찾기는 어려워 보이는데."

"미스터리는 독자를 놀라게 하려고 일부러 복잡하게 만들어 놨을 뿐이야."

현실에서 일어나는 사건은 훨씬 단순하다.

"자신이 넘치는데? 그럼 용의자 특정은 끝난 거군."

"미스터리라면 여기서 교사나 여학생이 범인이거나, 아니면 차라리 내가 범인일 테지만 그건 의외성을 노리려고 그렇게 쓰는 거거든."

이번에는 당연히 남학생이 범인일 것이다.

"키리시마, 진짜로 미스터리 소설을 읽는구나."

"날 뭐라고 생각한 거야?"

"미스터리 같은 건 핑계고 옆 교실에서 들려오는 피아노 소리를 들으면서 좋아하는 여자애 남친 SNS를 보고 질투에 불타는 이상한 녀석인 줄 알았지."

"아주 틀리진 않았네."

나는 용의자 셋에 대해 말했다.

만화 연구부의 야마나카.

체육 시간에 하야사카를 가장 열심히 바라보던 것이 그였다.

체육복에 관심이 있는 것은 틀림없었다. 만화 상에 응모했고 열중하면 다른 일은 아무것도 몰랐다. 분명 공부를 잘했을 텐데 중간고사에서는 0점을 받았다는 소문이 있었다.

축구부의 이치바.

다른 학교 여자와 놀았다며 큰 소리로 말하면서도 항상 곁눈질로 하야사카의 반응을 살폈다. 여자에 익숙한 타입처럼 보이지만 실제로는 그렇지도 않았다. 정말로 여자에 익숙한 녀석은 마키처럼 조용히 교사와 사귀거나 하는 법이다.

배드민턴부의 노하라 선배.

3학년이며 하야사카에게 두 번 고백했다 차였다. 여전히 포기하지 못한 채 후배에게 볼일이 있는 척하며 교실로 찾아와 하야사카에게 미련 찬 시선을 보냈다. 드라마틱한 타입이라 두 번째 고백은 모두가 보는 앞에서 했고 하야사카는 울고 말았다.

셋 다 하야사카를 좋아하지만, 그 모든 감정은 갈 곳을 잃었다. 그런 일이 빈번하게 일어나니 누군가를 좋아한다는 것은 무척 어려운 문제였다.

"그래서 거기서 어떻게 범인을 특정하려고?"

"증거는 또 하나 있어."

"회수한 러브레터 말이군."

필적으로 특정할 수 있을지 모른다.

"저번 쪽지 시험, 미키 쌤한테 부탁해서 빌릴 순 없어?"

"되지."

"쉽게 대답하네. 들키면 문제가 클 텐데."

"미키 누나는 내가 하는 말이라면 뭐든지 들어주거든."

아무렇지도 않게 엄청난 소릴 하는 남자였다.

"그보다 키리시마, 슬슬 하야사카랑 무슨 관계인지 알려주라. 엄청 감싸고 돌잖아. 보아하니 하야사카도 싫지만은 않아 보이고."

"너무 남들한테 할 얘긴 아니라서."

"뭐 어때서 그러냐. 키리시마만 내 비밀을 아는 건 불공평하잖아."

"어쩔 수 없지."

나는 하야사카와의 관계를 간단하게 설명했다.

"우, 우와아. 엄청 불건전한데?"

마키가 말했다. 교사와 사귀는 녀석이 할 말은 아니었다.

"보험으로 두 번째끼리 사귄다니."

"무척 기발한 방법이지."

"이론적으로야 그래도 그렇게 잘 될까 모르겠네."

마키는 실연 확률 25% 공식에 회의적이었다.

"적어도 중대한 오류를 하나 놓쳤어."

"어떤 건데?"

"두 번째가 첫 번째로 올라설 가능성이지."

즉 전제 조건의 변경이었다.

"하야사카나 키리시마, 둘 중에 한 명만 상대가 첫 번째로 올라서도 일이 엄청 꼬이는 거 아니냐?"

마키는 마치 예언하듯이 말했다.

"그렇게 안 되면 다행이겠다만."

◇

산더미 같은 시험용지를 마주했다.

방과 후, 부실에서 있었던 일이다. 그리고 일이 난처해졌다.

러브레터와 시험용지의 필적을 대조할 생각이었으나 시험용지에 적힌 글자 대부분이 알파벳이었다.

그도 그럴 것이 미키 쌤은 영어 교사였다.

이름과 해석된 일본어만으론 아무래도 글자 수가 너무 부족했다. 더불어 애당초 2학년 답안밖에 없어서 3학년과 1학년은 알아볼 수조차 없었다.

잠깐 생각해보면 알 수 있는 사실이었는데 완벽하게 깜빡 놓치고 말았다.

난처할 따름이었다.

나는 한숨을 쉬고 신발장에서 회수한 두 통의 러브레터를 책상 위에 놓고서 바라보았다.

하나는 하야사카의 외모를 칭찬하는 내용, 또 다른 하나는 슬슬 대답을 들려달라고 재촉하는 내용이었다.

보낸 이의 이름도 없는데 대답을 들려달라는 점이 확실히 오싹하게 느껴졌다.

하야사카가 미키 쌤에게 건넨 러브레터에는 체육복 모습을 보여달라는 내용도 있다고 했다. 그래서야 더 이상 러브레터라고도 부를 수 없었다.

나는 회수한 편지를 바라보았다. 그리고 한 사실을 깨달았다.

글자를 무척 정성껏 적어놓았다.

여자에게 편지를 보낸다면 당연히 일상적으로 적는 글자와는 다르게 적을 것이다.

프로조차 어렵다는 필적 감정을 미술 수업에서 관찰안을 발휘한 적 없는 내가 할 수 있을 리가 없었다.

현실에서 일어나는 사건은 훨씬 단순하다.

마키에게 그렇게 말한 것이 떠올라 갑자기 부끄러워졌다.

큰소리를 친 지 얼마나 됐다고 다른 실마리는 없는지 머리를 굴렸다. 그러나 특출나게 재치 있는 편도 아니었고 필적 감정으로 해결하려고 이미 정해놓은 터라 거기서부터 유연한 사고를 발휘하기도 어려웠다.

용의자 셋 모두에게 네가 범인이냐며 차례차례 물어보러 다니며 자백을 유도하는 방법도 있었다. 그러나 무슨 증거로 그러는 거냐며 잡아떼고 도망치면 손쓸 방도가 없었다.

시험용지는 저녁까지 돌려달라고 했다.

시시각각 시간이 흘러갔다.

뭐, 안 되는 건 어쩔 수 없지. 일단 포기하고 돌아가서 자자.

그렇게 생각하며 시험용지를 돌려주려고 봉투에 넣었을 때였다.

──번뜩였다.

나는 천천히 자리에서 일어나 부실을 나섰다. 그리고 계단을 내려가 1층으로 향했다.

구교사, 미스연 부실과는 대각선상에 있는 교실. 문을 열고 안으로 들어갔다.

한 남학생이 책상 앞에 앉아있었다.

나는 그 남학생의 등 뒤에 서서 어깨에 손을 올렸다.

"돌려줄래? 하야사카의 체육복."

그는 이쪽으로 몸을 돌리더니 잠시 생각하고 말했다.

"어떻게 나란 걸 알았어?"

"중간고사 0점 받았지."

공부를 잘했을 터였다.

"어떻게 그런 점수를 딴 거야?"

"이름 적는 걸 깜빡했거든."

남학생은 침착한 어조로 대답했다.

나는 책상 위에 두 통의 편지를 올려놓고 말했다.

"조심해야지. 중요한 물건인데 이름도 제대로 안 적으면 어떡해."

하야사카가 테니스를 치고 있었다.

라켓에 휘둘리고 있었지만 어설프게나마 공을 상대에게 똑바로 되받아쳤다.

손으로 이마의 땀을 닦으면서도 표정은 밝았다. 입고 있는 체육복도 그녀 자신의 것이었다. 아무래도 무사히 돌려받은 모양이었다.

범인은 만연의 야마나카였다.

그는 깜빡하는 버릇이 있어서 시험지에도, 러브레터에도 이름을 적는 것을 잊고 말았다.

그러나 정확하게 말하자면, 그 편지는 러브레터가 아니었다———.

만연 부실로 향했던 그날, 야마나카의 책상 위에는 태블릿이 놓여 있었다. 그 태블릿 화면으로 하야사카와 무척 닮은 캐릭터가 보였다. 체육복을 입은 장면을 그리다 만 채였다.

"관찰하고 싶어서 그랬단 거야?"

내가 묻자 야마나카는 고개를 끄덕였다.

"아무리 해 봐도 잘 그려지지 않아서 모델이 되어줬으면 했거든."

"그래서 편지를 써서 신발장에 넣었는데 대답이 없어서 체육복을 빌린 거구나."

"허락도 없이 말이야. 미안한 짓을 했어."

만화 상 응모의 마감날이 다가오고 있다는 모양이었다.

"조금이라도 퀄리티를 높이고 싶었어. 그래도 역시 체육복만으론 부족해서 본인이 입고 있는 모습을 가까이서 보고 싶은 마음에 또 편지를 썼지."

하지만 이름을 적는 걸 깜빡해서 대답은 받지 못했다.

"체육복을 돌려주려곤 했어. 그런데, 하굣길에 키리시마가 뒤에 있더라고."

단둘이 있을 타이밍이 없었다고 했다. 그에겐 미안한 짓을 했다.

"그나저나 야마나카는 조금 더 대놓고 모델이 되어달라고 썼어야 했어. 외모를 칭찬하거나 하면 기분 나쁜 러브레터라고 착각해도 어쩔 수 없지."

그러자 야마나카는 입을 다물었다.

"혹시 하야사카를 좋아했어?"

"그렇지 않다면 자기 만화의 주인공으로 삼지는 않아."

듣고 보니 그렇다.

"사귀고 싶다든가, 그런 게 아니야. 아니, 모델이 되어주면 그때 고백하자고 마음속으론 생각하고 있었을지 몰라."

하지만, 이제 그럴 생각은 없다고 야마나카가 말했다.

"키리시마가 있으니까."

"난 하야사카에게 아무것도 아니야."

"글쎄, 그럴까?"

야마나카는 좋은 만화를 그리기 위해 항상 남을 관찰한다고 했다.

"하야사카는 무슨 일이 있을 때마다 키리시마를 시선으로 좇고 있어. 그리고 키리시마는 하야사카를 위해 이런 행동에 나섰지. 서로 좋아하는구나. 트집 잡을 것 하나 없을 만큼 완벽하게."

"하야사카는 달리 좋아하는 사람이 있어."

"나도 알아."

야마나카는 하야사카와 같은 중학교 출신이라 당시에 하야사카가 좋아하는 사람에 대해 친구와 얘기하는 것을 들었다고 했다.

"다른 중학교의 한 학년 위에 멋있는 선배가 있었거든. 키리시마가 다니던 학교라 알고 있을 것 같은데."

"야나기 선배지. 지금도 좋아해."

"그래도 그 사람에 대한 감정이 과연 사랑일까?"

야마나카가 의표를 찌르듯이 말해서 나는 무심코 "뭐?" 하고 되물었다.

그는 태블릿을 조작해 그리다 만 만화를 보여주었다.

"난 말이지, 평소에 사람의 눈동자를 자세히 관찰해. 감정이 깃들어있거든. 같은 캐릭터를 그리더라도 장면과 대화하는 상대에 따라 눈동자를 다르게 그리지."

"예술가구나."

"만화가야."

야마나카가 그리고 있는 만화는 주인공인 여자가 두 남자와 삼각관계에 빠지는 내용이었다.

여자의 모델은 하야사카.

"남자 하나는 주인공이 동경하는 선배지. 다른 하나는 퉁명스러운 동급생."

"순정만화로군."

"누나 때문에 어릴 적부터 좋아했거든."

나도 여동생의 영향으로 자주 읽고 있다.

"주인공인 여자는 결국 선배가 아니라 동급생을 선택해. 왜인지 알아?"

"순정만화에서는 다정한 선배보다 새침한 동급생이 더 강하기 때문이지."

"교양이 있는걸."

그러나 야마나카가 이야기의 결말을 그렇게 잡은 이유는 그때문이 아닌 모양이었다.

"동경은 좋아한다는 감정과는 전혀 다른 것이기 때문이야. 닮아서 저도 모르는 새 혼동하고 말지만 말이지. 그래도 마음을 자세히 관찰해보면 알 수 있어. 동경, 소중히 하고 싶다, 귀엽다, 긍정적 감정에는 여러 가지 종류가 있어. 하지만 순수하게 좋아한다는 감정은 더욱 특별하고 그 밖의 다른 것과도 달라."

"감정을 무척 섬세하게 파악하는구나."

"그럴지도 모르지. 그래서 생각했어. 하야사카가 그 선배에게 품은 감정은 단순한 동경이야. 언젠가 본인도 깨달을 거야. 그게 좋아한다는 감정과는 다르단 사실을. 그렇게 생각했기에 나는 마음속 어딘가에서 하야사카를 포기하지 않고 있었지. 하지만 최근에 하야사카의 눈동자 속에서 진짜 '좋아한다'는 감정을 발견했어. 어떤 인물을 눈으로 좇고 있을 때였는데."

"그게 누굴까."

"얼버무리긴."

뭐, 됐어. 나는 완전히 포기했으니까, 그렇게 말하고 야마나카는 고개를 숙였다.

"체육복, 내가 돌려줄까?"

"아니, 직접 사과하고 돌려줄래. 조금 부끄럽지만, 내가 할 거야."

"나에 대한 건 말 안 해도 돼."

그래 하고 야마나카는 고개를 끄덕였다.

"그런데 내 눈도 관찰한 적 있어?"

"자기가 정말로 좋아하는 사람이 누군지 알고 싶구나."

"야마나카가 한 얘기대로라면 감정이란 건 자기 자신도 알 수 없을 때가 있는 것 같거든."

안 알려줄 거야 하고 야마나카가 사람 좋은 웃음을 지었다.

"남몰래 실연한 남자의 조촐한 저항이야. 키리시마는 더 고민해야 해."

"그렇구나."

"있잖아, 키리시마. 사랑이란 건 참 잔혹하지. 난 중학교 때부터 하야사카를 정말로 좋아했어. 하야사카를 생각하면 아무것도 손에 잡히지 않았지. 어쩔 도리가 없어서 눈꺼풀 뒤에 떠오르는 하야사카를 줄곧 데생하며 지새운 밤도 있었어. 그래도 이 감정은 갈 곳 없이 무엇 하나 보답 받지 못하고 끝나는 거야."

"나도 그 보답 받지 못하는 수많은 사랑에 대해선 자주 생각해."

"하야사카는 무척 많은 사람에게서 특별한 호의를 받고 있어. 그런데 딱 한 사람, 자신이 좋아하는 사람에게 보답 받지 못한다면 그 또한 무척 잔혹한 일이지. 나는 하야사카의 마음이 보답 받길 원해. 네겐 그 말을 전해둘게."

야마나카는 그렇게 말한 뒤 책상을 마주하고 만화 그리기 작업으로 돌아갔다.

울음을 터트릴 듯한 모습에 나는 부실을 나가기로 했다.

"만화, 상 탔으면 좋겠다."

"고마워."

방과 후 도서실에는 아무도 없었다.

타치바나의 남자친구가 학교를 쉬어서 오늘은 연인들의 공부 모임은 이루어지지 않았다.

나는 서가에서 토사 일기의 해설을 찾아 책상에 펴 놓았다. 요 며칠 공부에서 뒤처진 부분을 만회해야 했다. 조동사의 활용을 교과서에 적어나갔다. 그러자 누군가 도서실로 들어왔다.

하야사카였다.

조금 쑥스러운 듯한 표정으로 내 옆자리에 앉았다.

"거기, 항상 타치바나 남친이 앉아있는 자리지."

"SNS 사진으로 유추해보면 그렇겠지."

"우연이야?"

"오늘은 SNS에 올라온 것도 없어서 대신 여기 앉아 분함을 맛보기로 했거든. 남친은 여기 타치바나 옆에 앉아 항상 얼굴을 바라보고 있겠구나. 까득까득까득까득 그렇게."

"너무 심하겐 하지 말구."

하야사카가 웃었다. 왠지 기분이 좋아 보였다.

그리고는 잠시 머뭇거린 뒤 몸을 부딪치듯이 달라붙었다.

"학교 안에서는 이제 이상한 짓 안 하기로 한 거 아니었어?"

"다 키리시마 때문이야."

"나 때문이야?"

"그 다정함이 치사하다구."

"그 녀석 생각보다 입이 가벼운걸."

"아니야, 내가 그냥 억지로 물어봤어. 그냥, 조금만."

방긋 웃는 하야사카. 야마나카는 무서운 경험을 했을지 모른
다.

"하야사카, 앞으로는 뭐 곤란한 일 있으면 꼭 말해."

"응. 하지만 내가 말 안 해도 키리시마는 도와줄 거잖아."

에헤헤 하고 하야사카는 내 가슴에 얼굴을 들이댔다.

"잠깐, 하야사카, 누가 보면 어쩌려고 그래."

"두근두근거린다, 그치?"

안 되겠다. 완전히 나쁜 아이 스위치가 켜져 버렸다.

"저번에 '나, 키리시마 여친 맞지?' 그랬잖아. 그런 거 물어
봐서 미안해. 부담스러웠지."

"그렇진 않았는데."

"나, 이제 부담스러운 말은 안 할게. 더, 착한 여친이 될게."

"지금도 착한 여친이야."

"아니야, 걱정만 끼치는걸. 있지, 키리시마. 그렇게 배려해줄 것 없어. 더 마음대로 해도 돼. 타치바나가 남친이랑 친하게 지내서 기분이 가라앉으면 나한테 대신 풀어도 돼."

"그런 건 어째 좀 미안해서 못 할 것 같아."

"괜찮아. 난 키리시마 여친인걸. 키리시마가 바라는 대로 해주고 싶어. 키리시마가 바라는 여친이 되고 싶어. 뭐든 해주고 싶어."

"하야사카?"

"있지, 타치바나는 이 자리에서 남친 품에 안겼을지도 몰라."

나는 그 광경을 상상했다. 가슴이 조금 아렸다.

"괜찮아, 그런 거 나한테 해도. 타치바나 남친이 타치바나에게 하는 것 이상을 해도 돼. 난 있지, 소중히 여겨주는 건 기쁘지만 장식품처럼 손이 닿지 않는 곳에 두는 것보다 조금 상처가 나도 괜찮으니 만져줬음 좋겠어. 그렇게, 생각했어. 상대가 키리시마라서 그렇게 생각한 거야."

하야사카는 내가 이번 사건을 해결해서 기분이 무척 고양된 모양이었다.

표정과 몸짓에서 '좋아한다'는 감정이 흘러넘쳤다. 이렇게까지 조건 없는 호의를 남에게 받을 일은 좀처럼 없다. 조그마한 기적처럼 느껴졌다.

"키리시마, 키리시마, 키리시마, 키리시마, 키리시마, 키리시마."

그나저나 아무리 그래도 감정의 액셀을 심하게 밟아대는 건

아닌지.

하야사카가 천천히 내 손목을 쥐었다.

"나, 키리시마가 만져줬음 좋겠어."

그대로 가슴에 손을 들고 가려 하길래 나는 황급히 제지했다.

"하야사카, 잠깐만."

"만지기, 싫어?"

"뭐라고 해야 할까. 그런 게 아니라, 나, 지금 진짜로 엄청 당황했거든. 저번에도 이런 일이 있었잖아⋯⋯."

"나 있지, 충동적으로 이러는 거 아냐."

하야사카가 말했다.

"두 번째지만, 어엿한 여친이 되고 싶어."

"하야사카는 누가 뭐래도 내 여친이야."

"그래도 있지, 사귀는 사이면 다들 다른 짓도 더 많이 하잖아."

"그렇기야 한데. 그래도 잘 생각해봐. 우리는 누가 뭐래도 사귀는 사이지만, 두 번째로 좋아한다는 점을 자각하고 있어. 첫 번째가 있는 건 하야사카도 마찬가지야."

"응. 하지만 두 번째라도 키리시마가 상대라면 전부 괜찮아. 그렇게, 생각하게 됐어. 그러니까 만져줬으면 좋겠어. 키리시마가 더 선을 넘어와 줬으면 좋겠어."

어느새 하야사카는 블라우스를 두 번째 단추까지 풀었다.

"난 두 번째라도 괜찮으니까, 어엿한 여친이 되고 싶어."

"그래, 그건 그렇다 치고. 여긴 도서실이야. 창문도 많다고."

"들키면, 그때 가서 생각하지 뭐."

아예 보여주자, 하야사카는 그런 소리까지 했다.

"그렇게 되면 하야사카 이미지가 붕괴돼서 엄청난 소동이 벌어질걸."

"괜찮아. 그 이미지를 강요한 사람들은 이제 신경도 쓰기 싫어. 처음부터 별로였어. 남자들은 그냥 나랑 그런 짓을 하고 싶을 뿐이잖아. 여자들은 그냥 날 귀여운 액세서리처럼 옆에 두고 싶을 뿐이고."

"하야사카?"

"다들 날 이미지에 꿰맞추려 해. 청순하다느니, 착하다느니. 그게 뭐람. 그래도 키리시마는 달라. 키리시마만은 달라."

"조금 진정하는 게 좋겠다."

"키리시마는 날 제대로 봐줘. 날 소중히 여겨줘. 곤란한 날 구해줘. 그러니까, 더 특별한 걸 하고 싶어."

"내 말 좀 들어, 하야사카."

"다른 사람들은 전부 필요 없어. 나랑 키리시마만 있으면 돼."

억압되어온 반동인지, 하야사카는 완전히 이상한 스위치가 켜지고 말았다.

그러나 언동이 파탄 날수록 왜인지 하야사카의 표정에는 생기가 돌았다.

멍하던 눈동자에 불건전한 매력이 깃들었다.

"키리시마는 날 있는 그대로 받아줄 거지? 받아들여 줄 거지? 이게 나야. 누구도 못 만지게 할 거야. 하지만, 키리시마는 만져줬음 좋겠어. 더 가까이 다가와 줘."

하야사카에게 잡힌 손이 그녀의 가슴으로 이끌렸다.

나는 하야사카의 분위기에 완전히 압도되어 아무 말도 할 수 없었다.

"좋아해, 키리시마."

그리고 내 손이 하야사카의 가슴에 닿기 직전.

"어?"

나는 더욱 놀랐다. 하야사카가 내 손을 블라우스 안으로 집어넣으려 했기 때문이다.

가슴팍의 레이스 장식이 보였다.

나아가 그 레이스 장식과 경사진 하얀 살갗 사이로 내 손가락을 집어넣으려 했다.

"하야사카!"

이건 만지느니 마느니 하는 문제가 아니었다. 더 앞으로 나아가려 하고 있었다.

"키리시마에게 주고 싶어. 다른 사람에겐 절대 안 줄 거야. 그래도 키리시마에게라면 전부 줄게. 받아줬으면 좋겠어, 받아줄 거지? 응? 받아줘."

다짜고짜 압박해왔다. 나는 하나의 진리를 이해했다.

여자가 진심을 발휘하면 아마도 남자는 아무런 저항도 할 수 없다.

그대로 손가락 끝이 틈새로 들어가 부드러운 것에 닿았다.

누군가 말려줘. 그렇게 생각한 순간이었다.

복도에서 발소리가 들려왔다. 멍하던 하야사카의 눈동자에 빛이 돌아왔다.

막바지에야 이성을 되찾은 모양이었다. 착한 아이 하야사카는 사라지지 않았다.

우리는 서둘러 몸을 뗐고 동시에 문이 열렸다. 딱딱한 발소리. 들어온 것은——.

"부장이네."

타치바나였다.

"뭐해?"

어리둥절한 얼굴로 나와 하야사카의 얼굴을 번갈아 바라보며 고개를 갸웃거렸다.

재빨리 반응한 것은 하야사카였다.

"고, 공부 배우고 있던 게 다야!"

깜짝 놀랄 만큼 수상해 보였으나 완전히 평소의 하야사카로 돌아와 있었다.

"타치바나도 키리시마한테 배우면 괜찮을 것 같다! 쉽게 가르쳐주거든!"

그 말만을 남기고 황급히 블라우스의 단추를 잠근 뒤 도서실을 빠져나가려 했다.

떠나기 직전, 하야사카는 타치바나의 등 너머로 '아까는 미안해.'라고 말하려는 듯이 양손을 마주쳤다. 그리고 어쩔 줄 모르는 표정으로 두 손가락을 세워 보였다.

'나는 두 번째 여친이라도 괜찮아'

그런 메시지.

그렇게 폭풍 같은 시간이 지나갔고 나와 타치바나가 그 자리에 남았다.

"타치바나는 뭐 하러 왔어?" 내가 물었다.

"공부."

타치바나는 천연덕스러운 얼굴로 대답했다.

그리고 태연한 얼굴 그대로 내 옆에 앉았다.

"항상 여기서 하니까."

그대로 공부할 것들을 펼쳐놓고 조용히 샤프를 움직였다.

나도 일단은 고전 문학 과제를 풀기 시작했다.

평온한 일상이 돌아와 마음이 놓였다. 그대로 시간이 흘러갔다.

하야사카의 그 행동은 일시적인 감정에 휩쓸려 마음이 흔들렸을 뿐이리라.

내 마음도 진정되었다. 이대로 아무 일 없이 지나가면 된다. 그러나.

수학 증명 문제를 두 개까지 풀고는 타치바나가 내 옷깃을 붙잡고 말했다.

"왜 하야사카한테는 공부 가르쳐줬어?"

조금, 화난 듯한 말투였다.

"내가 부탁했을 땐 거절했으면서."

나는
두 번째 여친
이라도 괜찮아

제5화 나도 알아

하야사카에겐 사이 좋은 친구가 있었다.

사카이 아야.

단발머리를 한 여자아이. 뿔테 안경을 쓰고 그 위를 푹 내린 앞머리로 가렸다.

수수한 타입이었지만 아무래도 그것은 그녀가 연출한 모습이었던 모양이다.

어느 날 아침에 있었던 일이다.

나는 지각을 해서 뒷문으로 학교에 들어가려 했다. 철문에 발을 걸치고 올라가 뛰어내렸을 때 차 한 대가 뒷문에서 조금 떨어진 곳에 멈춰 섰다.

외제차였다. 차체가 은색으로 번쩍였다.

조수석에서 내린 여자아이가 이쪽으로 다가오더니 문을 기어 올랐다.

"마침 잘됐다. 키리시마, 손 좀 빌려줘."

그 말에 나는 여자아이가 문을 넘는 것을 도왔다.

착지하는 순간, 그 아이의 앞머리가 잠시 앞으로 쏟아져 처음으로 사카이란 사실을 눈치챘다.

"안경 안 끼니까 이미지가 다르네."

내가 말하자 사카이는 당황하며 가방에서 케이스를 꺼내 안경을 썼다.

"바래다준 거, 친오빠야."

아무리 그래도 그 변명은 억지스러웠다. 본인도 그렇게 생각했던 모양이다.

"혹시 키리시마, 봤어?"

"차 안에서 친오빠랑 키스하는 장면이라면야."

확실하게 목격했다.

"그래도 가족끼리 키스하는 건 이상한 일이 아니지. 서구적인 가치관을 따른다면. 그래도 사카이는 외동이었던 것 같은데."

"이것 참."

사카이는 앞머리를 쓸어올리고 방금 썼던 안경을 벗었다. 그리고

"동거 중인 대학생이야."

그렇게 아무 일도 아닌 것처럼 말했다. 평소의 그녀에게선 상상도 할 수 없는 말이었다.

"그렇게 됐으니까, 키리시마, 같이 수업 째자."

"남들한테 말할 생각 없는데."

"뭐, 잠깐 얘기하자고."

그렇게 되어 자전거 주차장에서 바람을 쐬며 대화를 나누게 되었다.

"그러고 보니 저번에 3학년 여선배가 교실로 찾아왔었지."

"남친 뺏겼다며 소란 피운 녀석 말이지?"

한 3학년 남학생이 낯선 2학년 여학생에게 반해 사귀던 여자 친구와 헤어졌다.

3학년 여자들은 그 2학년 여학생에게 남의 남자에게 손대지 말라고 경고하고 싶었지만 결국 그 여학생은 찾아내지 못했다.

"그거, 사카이였구나."

"뺏으려고 한 건 아니었는데."

안경을 쓰지 않은 사카이는 동년배의 누구보다도 어른스러워 보였다.

"이것저것 시도해봐야 하는 거야."

사카이가 말했다.

"고작 한 번 사랑해본다고 이상적인 상대를 찾을 수 있을 것 같아? 아무리 그래도 너무 게으른 거지. 몇 번이고 반복해서 사랑을 해보고 여러 사람과 사귀다 보면 그제야 찾을 수 있는 게 아닐까?"

"어떤 책에서 읽었는데 미국의 사회 실험에 의하면 회사가 좋은 인재를 채용하기 위해서는 100명을 면접 봐야 한다더라."

사랑도 마찬가지일지 모른다. 이상적인 상대를 찾으려면 많은 상대와 사랑을 해 봐야 한다.

"그래서 나는 신경 쓰이는 사람이 있으면 우선 친해지기로 했어. 무척 말이야."

과연, 그렇군.

"사카이는 자유로운 연애를 하는구나."

"그러는 키리시마는 실험적인 연애를 하고 있지."

여름의 뜨거운 바람이 불어왔다. 자전거 주차장에서는 수영장이 훤히 보였다.

울타리 너머로 감색 수영복을 입은 여자아이들이 몸을 적시고 있었다.

타치바나도 수영장 가장자리에 서 있었다.

푸른 하늘에 빨려 들어갈 것만 같아 정말로 여름날의 신기루처럼 보였다.

시선을 느꼈는지 타치바나가 이쪽으로 몸을 돌렸다. 짧은 순간, 눈이 맞았다.

수영할 차례가 되어 타치바나는 곧 시야에서 사라졌다.

"혹시 하야사카한테 우리 얘기 들었어?"

사카이는 "들은 적 없어."라고 말했다.

"그래도 아카네는 숨기는 게 어설프니까."

전부 알고 있었던 모양이다.

"있잖아, 그 얘기 좀 들려주면 안 돼?"

"함부로 남한테 할 만한 얘기가 아니야."

"뭐 어때. 내 비밀도 알았는데."

사카이는 아랑곳하지 않고 말을 계속했다.

"키리시마는 있잖아, 타치바나한테도 호감을 샀지? 지금, 널 바라봤잖아."

"글쎄, 어떨는지."

"여자애가 남자랑 단둘이서 부 활동을 한다는 건 그런 거야."

"그래도 약혼자가 있어."

"상관없다니까. 타치바나는 키리시마만 바라보잖아."

"단순한 약혼자라면 나도 그렇게 생각했을지 몰라."

사정은 조금 더 복잡했다.

타치바나는 말했다. 약혼자의 아버지가 경영하는 회사 덕에 어머니 회사의 이익이 나온다는 모양이었다. 즉 타치바나 일가의 생활은 약혼자의 가족 덕에 성립되고 있었다.

시험이 끝난 뒤 부실에서 타치바나는 그러한 사정을 담담히 얘기했다.

"아하. 그래서 키리시마는 자기가 선택받아서 타치바나네 가정이 무너지는 게 두려운 거구나."

"타치바나의 진로 희망 조사를 본 적이 있거든."

"예대 음악부잖아. 개인 레슨까지 포함해서 시간에 돈까지 들겠지. 사실은 부 활동 같은 건 할 틈도 없을걸. 그래도 너랑 함께 있어 주니 그 의미를 잘 생각해보는 게 좋을 거야."

타치바나는 연애 초보라 여러 가지 것들에 관심이 있었다.

솔직히 그것을 핑계 삼아 무언가 할 수 있을 것 같기도 했다. 그러나 타치바나의 행복을 생각한다면 약혼을 파기하게 하는 짓은 뒤가 켕겼다.

"내가 키리시마라면 약혼자는 그대로 두고 우선 타치바나랑 '친밀'한 사이가 된 다음에 나중 일을 생각할 텐데."

행동파의 의견이었다. 그나저나.

"사카이는 하야사카 친구라서 이런 짓을 하고 있단 걸 알면 화

낼 줄 알았어."

"아카네 사랑은 아카네 거야. 촌스럽게 참견 같은 거 안 해."

"하야사카는 사카이가 자유로운 연애를 하고 있단 걸 알아?"

모르지 하고 사카이가 말했다.

"착한 아이에겐 자극이 너무 세."

"하야사카는 착한 아이라고 불리는 걸 싫어하는 것 같던데."

귀여운 반항기지 하고 사카이가 말했다.

"그거 알아? 아카네 요즘 요리 연습하거든. 착한 여친이 되고 싶대."

"첫 번째 상대를 위해서겠지."

"키리시마, 좋아하는 음식이 뭐야?"

"가지조림."

"아카네가 연습하는 거, 그거야."

변함없이 성실했다.

"첫 번째와 두 번째라. 그래도 그렇게 딱 잘라 생각할 수 있을까? 연애 감정은 자기도 컨트롤 할 수 없는 것 같은데."

그리고 사카이는 가슴팍의 리본을 떼고 블라우스의 단추를 풀었다.

쇄골 근처에 작은 멍 같은 게 보였다.

"설마."

"맞아, 키스 마크."

운전석에 있던 남자가 사카이의 목덜미에 입을 맞추는 장면을 상상하고 말았다. 그 장면은 무슨 영문인지 아침에 대학생이 하숙하는 방 침대 위이기도 했다.

"키리시마, 얼굴 빨개."

"사카이는 너무 조숙해."

"그런가? 평범한 거야. 좋아하는 사람을 만지고 싶다, 만져줬으면 좋겠다고 생각하는 건 무척 자연스러운 감정이지. 남자도 여자를 만지고 싶어 하잖아."

"여자도 그런 식으로 생각해?"

"아카네도 타치바나도 분명 관심 있을걸."

짚이는 곳은 있었다.

"키리시마는 있잖아, 여자가 보기에 그런 관심을 부딪쳐보고 싶어지는 타입이야."

"뭐?"

그건 무슨 뜻일까.

"혹시 나, 꽤 잘생겼나?"

"그럴 리가 없잖아. 그냥 안경잡이야."

똑 부러지게 말했다.

그럼 왜? 내가 그렇게 묻자 사카이가 곧바로 대답했다.

"입이 무거워 보이니까."

"그게 다야?"

"중요한 거야. 잘생긴 남자보다 비밀을 지켜주는 남자. 그게 여자는 더 안심하고서 남에겐 말 못 할 일들을 이것저것 할 수 있거든."

그렇게 말하고 사카이는 블라우스의 단추를 단단히 잠그고서 안경을 쓴 뒤 앞머리를 내렸다.

평소의 수수한 여자아이가 완성됐다.

"그러니까 키리시마는 앞으로 고생할지도 모르겠다."

◇

영화와 드라마 같은 데서라면 여자는 아무튼 청순하게 그려지는 경우가 많다.

그러나 현실의 여자는 조금 더 복잡하지 않을까.

'나, 전혀 착하지 않아.'

하야사카는 그렇게 말하며 자주 나를 만지려 했다.

사카이가 말한 것처럼 여자들도 그러한 것에 관심이 있는지 모른다.

그러면 질투와 독점욕은 어떨까.

나는 첫사랑이었던 여자아이에게 다른 남자아이와 친하게 지내지 말라고 부탁하고 말았다.

여자아이도 그런 마음이 들 때가 있을까.

나는 수업을 빠지고 부실 소파에 누워 그런 생각을 하고 있었다.

사카이의 진보적 연애가 준 충격 때문이었다.

그러나 그러는 사이에 잠이 들고 말았다. 깬 것은 2교시 도중이었다.

귀에 촉촉하고 부드러운 것이 닿았다. 언젠가 느꼈던 감촉. 등줄기에 쾌감이 달렸다.

"이제야 일어났네."

타치바나가 웅크려 앉아 날 들여다보고 있었다.

"핥는 게 버릇이 된 거 아냐?"

또다시 타치바나가 귀를 핥으려 해서 나는 서둘러 몸을 일으켰다.

"하고 싶은 말은 많지만, 일단 안경 돌려줘."

자는 사이 벗겨냈을 것이다. 타치바나는 내 안경을 쓰고 있었다.

"그런 거 쓰면 눈 나빠져."

"코에 걸치기만 한 거라 괜찮아."

"계속 그러면 난 아무것도 안 보여."

타치바나는 시치미를 뚝 떼고 렌즈를 손가락으로 만진 뒤 안경을 돌려주었다.

나는 안경 닦이로 지문을 닦아냈다.

"수업 중이야."

"부장도잖아."

"그보다 타치바나, 왜 여기 있어?"

"부장, 자전거 주차장에 있었는데 수업 안 나왔더라."

"그러고 보니, 날 봤었지."

"왜 사카이랑 같이 있었어?"

"그냥 우연히 만난 거야. 그나저나 용케 사카이란 걸 알았네. 안경 안 쓰면 다른 사람이잖아."

"자세나 얘기할 때 팔꿈치를 껴안는 동작 같은 게 딱 사카이였어."

타치바나의 관찰력이 무서웠다.

"그런 것보다 부장, 모처럼이니까 부 활동 하자."

타치바나가 연애 노트를 펼쳤다.

게다가 금서. 페이지 제목은 '손을 쓰지 않는 게임 기초편'이었다.

귓가에 미스터리에 이어 저자가 망상으로 빚어낸 물건이었다.

"타치바나, 시험 기간엔 부 활동 쉰다고 했잖아."

게다가 우리는 미스터리 연구부였다. 연애부가 아니었다.

"뭐 어때. 난 연애에 대해서 더 알고 싶어."

타치바나가 손을 쭉 내밀어 노트를 들이밀었다. 나는 그것을 밀어냈다.

"부장, 요즘 왠지 날 피하네."

"그런 거 아냐."

"갑자기 부 활동 쉰다고 하고."

"시험 기간이니까."

"내가 공부 알려달라고 부탁했더니 거절했잖아."

"그건……."

"그랬는데 하야사카한텐 알려줬지. 꽤 상처받았거든."

타치바나의 길 잃은 강아지 같은 얼굴에 가슴이 조금 아팠다.

"부장은 하야사카를 좋아하지?"

"아무렇지도 않다니까."

"하야사카도 부장을 좋아해."

"왜 그렇게 생각해?"

"상냥하게 대하거나 거꾸로 퉁명스럽게 대하거나, 엄청 불안정하니까. 좋아하면 그렇게 되는 거 아냐?"

잘 보고 있었다.

"그래도 타치바나는 하나 잊은 게 있어. 하야사카에겐 달리 좋아하는 사람이 있어."

"그거. 그게 어려워. 하야사카에겐 좋아하는 사람이 있을 텐데 부장도 좋아하는 것처럼 보여."

타치바나는 내 얼굴을 바라보며 말했다.

"부장도 하야사카를 좋아하는 것처럼 보이지만, 달리 좋아하는 여자가 있는 것처럼도 보여."

"누군데, 달리 좋아하는 여자가."

"나."

꿰뚫렸다.

타치바나의 돌직구 물음에.

'날 좋아하는 거 아냐?'

그녀는 그렇게 물어본 것이다. 무척 태연하게, 무척 자연스럽게 깜짝 놀랄 만큼 무미건조하게.

나도 되도록 냉정하게 대답했다.

"타치바나가 느끼는 게 전부 사실이라 해도 여러 사람이 여러

방향으로 좋아한다는 화살표를 날리고 있어서 무척 복잡한 상황이야."

"맞아. 그래서 답을 맞혀보고 싶어."

타치바나가 얼굴을 가까이했다.

"정답, 알려줘. 하야사카가 좋아하는 건 누구야? 부장이 진짜로 좋아하는 건 누군데?"

"그건……."

물론 진실은 입이 찢어져도 말할 수 없었다.

그래서 나는 화제를 돌려서 얼버무리기로 했다.

"타치바나는 어때?"

"나?"

"자기가 누굴 좋아하는지 알고 있어?"

내가 물어보자 타치바나는 "시험하는 중이야."라고 대답했다.

"누구랑 뭘 해야 내가 어떤 기분이 되는지 조금만 더 있으면 알 수 있어."

타치바나는 손에 연애 노트를 들었다.

"하자, 이 게임. 내 마음을 더 시험해보고 싶어."

"아니, 그건 안 돼."

"왜? 왜 안 되는데?"

"전에도 말했잖아. 약혼자가 있는데 다른 남자한테 그런 걸 부탁하면 안 된다고."

"그런 걸 누가 정했는데?"

"세간이 그런 짓을 하면 안 된다고 정해놨어."

"부장이 그냥 그렇게 단정 지은 거 아냐?"

날카로웠다. 하지만.

"안 되는 건 안 돼."

"안 해주면 수업 안 갈 거야."

"자꾸 그러면 아무리 나라도 화낸다."

내가 그렇게 말하자 타치바나는 "화내줘." 그런 말을 했다.

"아까 안경에 지문 묻힌 것도 화난 얼굴 보고 싶어서 그랬어. 여러 표정을 보고 싶어. 그때 내가 어떤 기분이 드는지 알고 싶어."

타치바나, 꺾이질 않는걸.

"부장, 진짜 싫어? 입으론 그렇게 말하지만 그런 것처럼 안 보여."

간파당했다. 내가 타치바나와 연애 노트에 적혀 있는 그런 짓을 하고 싶은 것은 사실이었다.

하지만 역시 약혼자의 존재가 마음에 걸렸다. 결과로서 가정 환경에 안 좋은 영향을 끼쳐 타치바나가 불행해지는 것은 생각만 해도 끔찍했다. 그래서 우선 이 자리는 타치바나를 격퇴하기로 했다.

"그래, 하자."

나는 그녀의 손을 붙잡고 억지로 끌어당겼다. 얼굴이 당장에라도 키스할 수 있을 만큼 가까워졌다.

"그래도 기초 편 같은 거 말고 응용 편 하자."

연애 노트의 '손을 쓰지 않는 게임'에는 기초 편뿐 아니라 응용 편도 실려 있었다.

물론 응용 편이 더 과격했다.

"가, 갑자기?"

타치바나는 눈을 동그랗게 뜨고 얼굴을 새빨갛게 물들였다.

"응! 용! 편!"

결국은 연애 뉴비, 공격엔 강해도 방어엔 약했다.

승기를 굳히려고 나는 타치바나의 머리카락을 들어 올려 귀에 숨을 불어넣었다.

"흐이익!"

타치바나는 괴상한 비명을 지르고 손을 획 풀며 귀를 붙잡고 나에게서 멀어졌다.

요즘은 항상 이렇게 부끄럼을 타게 만들어 격퇴하고 있었다.

그러나 타치바나가 얼굴을 붉게 물들인 것은 몇 초뿐, 곧 진지한 얼굴로 돌아왔다.

"부장, 지금 얼렁뚱땅 넘어가려고 한 거지."

"글쎄."

"난 부장이 진짜로 누굴 좋아하는지 알고 싶은 게 다인데."

타치바나는 사랑을 이해하고자 했다.

하야사카의 마음, 내 마음, 그리고 자신의 마음을. 하지만——.

"연애는 간단하게 답을 알 수 있는 그런 게 아냐. 사람의 마음은 어렵지. 그래서 상대의 마음을 상상하고 다들 고민하는 거야."

"그래, 알았어."

타치바나는 평정을 되찾고서 말했다.

"그럼, 스스로 알아볼게."

"어떻게?"

"감정 시험."

어쩐 불온한 어감이었다.

"부장 잘못이야. 나한텐 공부 안 알려줬으면서 하야사카한텐 알려주고. 날 멀리했으면서 사카이랑은 가까이 지냈으니까. 그래서 내가 이런 짓에 나서게 된 거야."

그렇게 말하고 타치바나는 교실을 빠져나갔다.

나는 다시 한번 안경을 닦고 자면서 흐트러진 교복의 옷깃을 가다듬었다.

그건 그렇고 타치바나, 대체 뭘 하려는 걸까.

그렇게 생각했으나 다음 쉬는 시간, 타치바나의 남자 팬들에게서 비명이 터져 나왔다.

타치바나가 남자친구의 넥타이를 매고 있다는 것이 이유였다.

그렇게 타치바나 히카리의 감정 시험이 시작되었다.

◇

아침, 교문 앞에서 타치바나가 말을 걸어왔다.

"좋은 아침, 부장."

목에는 남자용 넥타이를 맸다.

"어때? 이거."

"잘 어울려. 리본 타이보다 멋있어."

"부장, 지금 기분이 어때?"

"평소랑 똑같은데."

내 반응이 재미없었는지 타치바나는 "흐음." 하고 말하고는 걸어서 자리를 떠났다.

정말로 나는 아무렇지도 않았다.

여름날 아침과 타치바나. 산뜻한 조합이라고 느꼈을 뿐이다.

한편 타치바나의 남자 팬들은 한숨을 내쉬었다.

그들이 기댈 곳은 타치바나가 남자친구에게조차 쌀쌀맞게 대하는 점이었다. 이름뿐인 남자친구라면 파고들 틈이 있었다. 그러나 그 희망은 이 러브러브 넥타이 소동으로 산산조각이 났다.

"키리시마, 괜찮아?"

연결 통로에서 하야사카가 말을 걸어왔다.

1교시가 화학 실험이라 실험실로 이동하던 참이었다.

"뭐가?"

"그, 타치바나. 남친이랑 사이좋아 보여서."

"이 정도야 거뜬하지. 아무렇지도 않아."

"혹시, 또 분해하면서 쾌감을 느끼는 거야?"

그런 대화를 나누고 있는데 타치바나가 반대편에서 다가왔다.

손에는 종이 팩에 든 흑초 음료를 들었다. 웰빙 지향이었다.

"어째 분위기가 좋네."

타치바나가 하야사카에게 말을 걸었다.

전철 역사에서 함께 시간을 보낸 이래로 두 사람은 나름 친해진 모양이었다.

"하야사카, 역시 부장을 좋아하지?"

"그, 그런 거 아냐."

거침없는 질문에 하야사카가 허둥대며 대답했다.

"평범해, 그냥."

"그래? 난 부장이랑 사이좋은데."

그렇게 말하며 타치바나가 내 팔에 달라붙었다. 순간 하야사카의 표정이 딱딱하게 굳었다.

"잠깐만 타치바나, 여기 학교야."

"그러게."

"거기다 남친 있잖아."

"그게 왜?"

"남친이 있는데 키리시마랑 그렇게, 그, 달라붙으면……."

"부장과 부원의 스킨십이야."

"그, 그래? 응, 그렇지. 사이가 좋은 건 좋은 일이지. 둘이서 사이가 좋으면 나도 기뻐."

하야사카는 어색한 웃음을 지었다.

하야사카, 그렇게 빤히 보이는 표정을 지으면 안 돼.

타치바나는 우리를 시험하고 있을 뿐이다. 타치바나는 하야사카의 반응에 만족했는지

"아, 수업 시작하겠다."

그렇게 말하며 흑초 음료에 빨대를 꽂고 입에 물며 자리를 떠났다.

"키리시마, 잠깐 다시 교실로 가자."

하야사카가 딱딱한 웃음을 지은 채 '시간 좀 내라.' 라는 듯한 분위기로 말해서 우리는 아무도 없는 교실로 돌아갔다.

"타치바나랑 잘되고 있나 봐."

"왠지, 미안해."

"아니야, 괜찮아. 그러면 돼. 첫 번째로 좋아하는 여자가 상대인걸, 당연하지."

그런 것 치고 하야사카는 교과서를 든 손에 힘을 너무 세게 주어 손가락이 하얗게 질렸다.

"키리시마, 평소보다 더 목이 시원해 보여."

"그런가?"

"두 번째 단추까지 풀었잖아. 그나저나 타치바나도 갑자기 무슨 일일까? 남친이랑 잘 지내고 있는데 키리시마한테 달라붙다니."

"그건 있지."

나는 타치바나가 우리의 마음을 시험해보기 시작했다는 것을 설명했다.

"흐음, 그러면, 그렇게 해서 내가 질투하도록 만들려 했던 거구나."

"아마도 그럴 거야."

"뭐, 난 그 정도는 전혀 신경 안 써."

무척 신경 쓰고 있었다.

"포커페이스거든."

웃는 얼굴이 무서웠다.

"두 번째란 걸 알고 있으니까. 그렇게 눈앞에서 보여줘도 아무렇지도 않아. 완전 멀쩡해."

뒤로 인왕상이 보였다. 그리고 하야사카는 한숨을 쉬더니 나를 물끄러미 바라보았다.

"그러고 보니 키리시마, 왁스 샀는데 잘 안 쓰네."

"아침엔 시간이 없어서 자꾸 잊더라고."

"안 돼, 몸가짐은 단정하게 해야지. 발라줄게."

그렇게 말하며 하야사카는 가방에서 자신의 왁스를 꺼냈다. 수영장 수업이 있어서 가지고 온 모양이었다.

하야사카는 발돋움을 하고 손을 쭉 뻗어 내 머리에 왁스를 발랐다.

"자, 다 됐어. 느낌이 좋은걸?"

벚꽃과 은방울꽃의 플로럴한 향기가 피어올랐다.

항상 하야사카의 머리에서 나던 향기였다.

"타치바나 앞에선 제대로 꾸미고 있어야지. 타치바나 앞이니까, 그치?"

◇

점심시간, 나는 평소처럼 소파에 드러누웠다. 음악을 들을까 했지만 그럴 수도 없어서 어쩔 수 없이 자려던 때, 타치바나가 들어왔다.

타치바나는 가까이 다가오더니 또다시 내 안경의 렌즈를 손가락으로 만졌다.

"아무리 그래도 화 안 낼 거야."

"난 그냥 여러 표정을 보고 싶은 게 다인데."

그리고 타치바나는 코를 킁킁거렸다. 다음 순간, 내 머리를 양 손으로 와락 붙잡더니 냄새를 맡기 시작했다.

"흐음, 그렇단 말이지."

차가운 표정으로 말했다.

"이거, 나한테 보내는 도전장이지?"

"타치바나는 냄새를 잘 맡네."

"하야사카의 달콤한 냄새는 부장한테 안 어울려."

그렇게 말하고 타치바나는 어디서 꺼냈는지 자신의 왁스를 손에 끈적하게 발라 내 머리에 문혔다. 상큼한 시트러스 민트의 향기로 덧씌워졌다.

머리를 감을 수도 없어서 그대로 지내게 되었다.

점심시간이 끝난 뒤 복도에서 지나치며 하야사카가 귓속말을 건넸다.

"타치바나 냄새가 나네. 발라줬구나?"

순간 돌아보자 하야사카가 이쪽을 보고 방긋 웃었다.

"잘됐네."

미소가 되레 무서웠다. 눈썹이 움찔움찔 경련하고 있었다. 도발에 대한 내성이 제로였다.

"나, 전혀 괜찮아. 처음부터 두 번째란 걸 알고 있었는걸. 질 투 같은 거 안 할 테니까 걱정 안 해도 돼."

그렇게 말하고 자리를 떠났다.

나도 교실로 돌아가려 했지만 왠지 모르게 하야사카가 걱정되어 뒤를 쫓았다.

하야사카는 연결 통로에서 멍한 눈으로 중얼거리고 있었다.

"왜 내 키리시마한테 손을 댈까…… 남친도 있으면서…… 자기가 예쁘다고……."

◇

타치바나 히카리의 감정 시험은 계속해서 이어졌다.

어느 날 또다시 타치바나 팬들이 비명을 질렀다.

이어폰으로 음악을 들었기 때문이다. 원래 타치바나는 헤드폰 유저로 평소에는 중저음으로 유명한 하얀 배경에 금색 로고가 들어간 무선 헤드폰을 썼다.

당연히 지금 낀 이어폰은 남자친구의 것이란 소문이 났다.

게다가 전혀 듣지 않을 법한 얼터너티브 록을 흥얼거렸다는 모양이다. *날카로운 사운드가 찌르는 듯한 노래. 여자는 사귀는 남자의 영향을 받아 노래 취향이 바뀐다는 얘기는 정설이었다.

방과 후 그런 타치바나가 이어폰을 귀에 끼고 얼터너티브 록을 흥얼거리며 부실로 들어왔다.

"어때?"

---

*날카로운 사운드가 널 찌른다(鋭角サウンドが君を突き刺す). 일본 록밴드 '넘버 걸'의 캐치프레이즈 문구.

"여름엔 이어폰이 시원해서 좋지."

"흐음."

타치바나는 재미없다는 얼굴로 테이블 위에 있던 내 필통에서 연필을 두 자루 들고 사라졌다.

나는 마음만 먹으면 포커페이스를 유지할 수 있었다.

그러나 하야사카는 그렇지 않았던 모양이다. 재미있게 반응을 보였다.

"연필, 타치바나한테도 줬더라."

쉬는 시간, 하야사카가 말을 걸어왔다.

타치바나가 수업 중에 연필을 쓰던 것이 눈에 들어왔던 모양이다.

"그거, 나한테만 준 게 아니었구나."

"미안해."

"전혀, 괜찮거든!"

전혀 괜찮아 보이지 않았다.

"그런데 키리시마, 체육복 빌려줄래?"

"체육복?"

"기술 가정 시간에 필요한데 깜빡해서."

"근데 체육 때 입었던 거야. 땀도 흘렸고."

"그래도 돼, 그게 좋아."

이번에는 하야사카 팬들이 절규에 가까운 비명을 질렀다.

사이즈가 맞지 않는 남자 체육복을 입고 있었으니 그럴 만도 했다.

이른바 '남친 셔츠' 상태였다.

그 청순한 하야사카가 그런 짓을 할 리가 없다. 보건실에서 빌린 체육복이 어쩌다 보니 남자용이었을 뿐이다. 열광적인 하야사카 팬들은 반강제로 그렇게 결론을 내렸다.

그러나 뛰어난 관찰안을 가진 타치바나가 이를 놓칠 리 없었다.

체육 수업을 마친 뒤 곧바로 복도에서 타치바나에게 붙잡혔다.

"저거, 부장 거지."

"어쩌다 보니."

"하야사카, 나한테 어필하는 거지? 완벽하게."

"너무 자극하지 말아줘."

"보란 듯이 연필을 쓴 건 저쪽이 먼저거든."

하야사카, 그런 짓을 했구나.

"일단 부장 체육복, 나한테도 빌려줘."

"아니, 오늘은 이제 입을 일 없잖아."

"집에서 입을 거야."

"그건 대체 무슨 감정이야?"

두 사람의 불가사의한 싸움은 날이 갈수록 심해졌다.

타치바나가 내 가방에서 데오드란트 스프레이를 꺼내 눈앞에서 블라우스 안에 집어넣고 뿌린 뒤 보란 듯이 하야사카 앞을 지나갔다.

하야사카는 교과서를 까먹었다고 말하며 내 것을 들고 갔다.

좌우지간 두 사람이 이런저런 짓을 해오는 통에 쉬는 시간이 되자 나는 결국 학생회실로 도망쳐 들어갔다.

"키리시마, 너 꼴이 엉망이야."

마키가 말했다.

"머리가 왜 그래?"

"왁스 두 종류를 몇 번이나 뒤섞어 바르면 이렇게 되더라."

나는 무슨 일이 벌어졌는지 마키에게 설명했다.

"타치바나가 남친이랑 러브러브하다고 다들 소란을 떨던 게 키리시마에 대한 화풀이었군."

"감정을 시험받고 있어."

"하야사카는 단순해서 그대로 도발에 올라탔고 타치바나도 의외로 호전적이라 싸움이 벌어진 건가. 어쩐지 키리시마 주변에서 자꾸 물건이 사라지더라."

마키는 진작에 눈치챘던 모양이다. 연필, 체육복, 그 밖에도 많았다.

"여학교라면 남학교 가방을 들고 등교하는 게 사회적 지위를 나타내기도 한다지. 남친이 있다는 어필이라나. 그것의 키리시마 버전인 셈이군."

"내가 어떻게 해야 정답 같아?"

"관둬라, 야. 여자 둘이 싸움 나면 그사이에 낀 남자는 아무것도 못 해."

그리고 마키는 갑자기 "그럼, 난 자리 좀 피하마." 하고 말했다.

"왜 그래?"

"손님. 키리시마 찾아온 거 아냐?"

보아하니 학생회실 문 틈새로 하야사카의 친구인 사카이가 보였다.

"난 어째 쟤가 불편하더라고."

그것은 아마 사카이가 마키와 조금 닮았기 때문일 것이다. 그렇게 생각했지만 말하진 않았다. 사카이는 자신의 정체를 별로 알리고 싶어 하지 않을 테니까.

마키가 나가고 사카이가 대신 들어왔다.

"지금 아카네 얘기했지. 타치바나랑 한판 벌이고 있는 거."

사카이가 말했다. 그녀도 그 이야기를 하러 온 모양이었다.

"이대로 가다간 아카네, *얀데레가 될 거야. 그건 그것대로 귀여울 것 같지만."

"그렇게 불안정한 상태야?"

"같이 돌아가는 내내 혼잣말하더라."

'타치바나, 왜 저런 짓을 할까? 나한텐 키리시마밖에 없단 말야. 왜 뺏어가는데. 어라? 나, 화내도 되나? 아, 안 되, 겠지. 난, 두 번째니까. 키리시마는 내…… 뭐더라? 그래, 두 번째였지. 그러니까 난, 착하게 있어야 해…….'

사카이가 옆에 있는데도 줄곧 그런 말을 중얼거렸다고 한다.

"개인적으론 여자들 싸움을 보는 것도 재밌긴 한데 아카네 친구로선 키리시마가 타치바나에게 그만두도록 말해줬으면 좋겠

---

*얀데레: 상대에게 병적으로 집착하는 사람을 가리키는 인터넷 유행어.

다. 아카네, 두부 멘탈이니까. 애초부터 일편단심인 타입이라 두 번째를 해낼 만큼 요령이 있지도 않고."

"그래도 내가 말한다고 타치바나가 들을까. 마키는 여자들 싸움을 남자가 막을 수 없다고 했는데."

"보통은 그렇겠지. 그래도 타치바나는 키리시마가 하는 말이라면 들을걸."

"왜 그렇게 생각해?"

"그야 타치바나는 아카네의 마음은 시험해도 키리시마의 마음을 시험할 용기는 없었잖아."

역시 타치바나는 연애 경험이 없구나 하고 사카이가 말했다.

"처음부터 전부 알고 있었지?"

"무슨 소린지 영."

"시치미 떼긴."

사카이가 말했다.

"넥타이도 이어폰도, 그거 다 키리시마 거잖아."

내 넥타이와 이어폰을 보고서 질투할 리가 없었다. 흥얼거리던 얼터너티브 록도 내가 좋아하는 노래였다.

"슬슬 돌려줘."

"어떻게 할까. 이거 제법 마음에 들었거든."

타치바나가 넥타이를 만졌다. 가슴 주머니에는 이어폰 줄을 둘둘 감은 MP3 플레이어가 들어있었다. 무선이 아닌 로테크 (low tech) 이어폰을 타치바나가 쓸 리가 없었다.

넥타이도 이어폰도 내가 부실에서 자고 있을 때 타치바나가 몰래 들고 간 것이다.

기말시험이 끝난 날 오후, 우리는 부실에서 조용히 대치 중이었다.

'사실은 남친 걸 몸에 두른 모습을 보여서 키리시마가 질투하는 얼굴을 보고 싶었겠지.'

사카이는 그렇게 분석했다.

'하지만 남친과 사이좋은 모습을 보여서 키리시마에게 미움 사는 게 무서웠던 거야. 그래서 아카네의 마음밖에 시험하지 못한 거지. 타치바나, 생각보다 겁쟁이구나.'

진실인지 아닌지는 알 수 없었다. 아무튼 슬슬 돌려주지 않으면 곤란했다.

아마도 하야사카도 그 넥타이의 정체를 눈치채고서 이것저것 대항에 나섰음이 틀림없었다. 하야사카는 내가 여름에도 넥타이를 풀지 않는 모습을 마음에 들어 했다.

"돌려줘도 되긴 하는데."

타치바나는 그렇게 말하며 연애 노트를 펼쳤다.

"이 게임, 해주면 줄게."

"그런 건 안 한다고 했잖아."

"그래도 나한텐 부장이 하고 싶어 하는 것처럼 보이는걸."

"그럴 리가 있나."

나는 단호하게 말했다. 타치바나는 갑자기 풀이 죽었다.

"미안해, 억지 부려서."

"아니, 그렇게 풀 죽을 것까지야."

"이제 부탁 안 할게."

그렇게 말하고서 가방을 들고 부실을 나가려 했다. 넥타이도 MP3 플레이어도 그대로 들고서. 돌려주지 않으면 곤란했다. 그래서──.

"야, 거기 안 서?"

나는 양손을 등 뒤로 팔짱 끼고서 타치바나의 앞을 막아섰다.

"부장, 의욕이 넘치네?"

"대신 넥타이 줘."

"알았어, 약속할게."

타치바나가 미소 지었다. 그 모습이 조금 기뻐 보여서, 뭐, 기뻐해 주니 다행이다 싶기도 했다.

"그럼, 할까."

"해보자."

손을 쓰지 않는 게임 기초 편.

결국 해보기로 했다.

◇

손을 쓰지 않는 게임은 연애 노트에 수록된 바보 같은 게임 중 하나였다.

마찬가지로 게임이 즐거워질지 어떨지는 플레이어의 센스에 달려 있다고 주석이 달려 있었다.

규칙은 간단했다. 20분간 손을 쓰지 않고 밀실에서 지내는 것뿐이다.

나와 타치바나는 테이블을 끼고서 서로 맞은편 소파에 앉았다.

양손은 등 뒤로 돌렸다.

그렇게 게임을 시작하긴 했으나 손을 쓰지 않고 할 수 있는 것은 거의 없었다.

게다가 규칙이 너무 적어서 무얼 해야 할지도 알 수 없었다.

서로 묵묵히 시간만이 흘러갔다.

IQ 180의 저자가 만들었다곤 하나 아무리 그래도 이것은 실패한 게임이 아닐까.

그렇게 생각했을 때였다.

"머리, 거추장스러워."

타치바나가 볼에 내려온 머리카락 한 다발을 살랑살랑 흔들었다.

"부장, 이거 귀에 걸쳐줘."

그래, 그렇게 나왔단 말이지.

이것이 이 게임의 진면목. 자신이 할 수 없는 것을 남에게 부탁하는 것이었다.

게다가 손을 못 쓰니 몸의 다른 부분을 이용해야 했다. 그리고 손 말고도 요령 좋게 움직일 수 있는 부분은 한정되어 있었다.

"정말 해도 되는 거지?"

"어서. 머리카락 간지러워."

그렇다면 받아주지.

나는 타치바나의 곁으로 가 그녀의 얼굴 옆으로 얼굴을 가까이했다. 왠지 좋은 향기가 났다. 그리고 볼에 걸친 머리카락 한 다발을 입으로 물었다. 그때 내 입술이 볼을 스쳤으나 타치바나는 태연한 얼굴이었다.

나는 천천히 귀 뒤로 머리카락을 옮겼다. 그리 어려운 작업은 아니었다.

하지만 정신을 차리니 나는 머리를 걸쳐주는 것을 핑계 삼아 귀의 윤곽을 혀로 핥고 있었다. 타치바나가 언젠가 내게 했던 것처럼. 아니, 이것은 딱히 귀가 참 아름답게 생겼다든가, 그 복잡한 형태에 매료됐다든가 하는 그런 이유에서가 아니었다.

타치바나를 부끄럽게 만들어 게임을 어서 끝내려 한 것이다. 정말이다. 변명이 아니다.

그러나 타치바나는 부끄러워하는 모습이 전혀 없었다. 연애 뉴비도 조금은 성장한 모양이었다.

"고마워."

타치바나가 태연한 얼굴로 말했다.

"그리고 목이 마른데."

친절하게도 테이블 위에 물이 들어간 종이컵을 준비해 놓았다. 종이는 부드러우니 가장자리를 입에 물면 된다.

타치바나, 용의주도한걸. 이 게임을 완벽하게 이해하고 있다.

"그럼, 간다."

"응."

나는 종이컵을 입에 물었다. 그리고 반대편 가장자리를 타치바나의 입가로 들고 갔다. 이마를 맞대는 듯한 모습으로 또다시 얼굴이 가까워졌다.

타치바나의 얼굴은 역시나 아름다워서 가까이서 보니 왠지 마음이 진정되지 않았다.

머리의 나사가 풀리기 시작했다.

타치바나가 컵 가장자리에 입을 댔다. 당연하게도 반대편 가장자리에는 내 입이 있었다.

종이컵으로 우리는 이어져 있었다.

간접 키스는 아니었다. 우리의 입술은 컵 가장자리에 동시에 존재했다.

이른바 징검다리 키스. 동시 존재적 입맞춤 행위.

아니, 이건 거의, 키스였다. 이어져 있었다.

왠지 평범한 키스보다도 깊고 친밀하게 받아들여진 것처럼 느껴졌다.

나는 물을 마시기 위해 컵을 기울였다. 그러나 갑자기 기울인 탓에 물의 대부분이 흘러넘치고 말았다. 타치바나의 얇은 입술이, 하얀 블라우스가 촉촉하게 젖었다.

"미안."

"닦아줘."

테이블 위에는 수건이 놓여 있었다. 하여간, 정말 용의주도했다.

나는 하늘색 수건을 입에 물었다. 그리고 타치바나의 입가를 적신 물을 닦아냈다. 타치바나의 피부는 혈관이 비칠 만큼 하얗고 섬세했기에 아주 부드럽게 닦아냈다.

"입술, 아직도 젖었어."

"알았어."

수건은 천이 두꺼워서 감촉이 직접 전해지진 않았다.

그러나 수건을 끼고 나의 입술과 타치바나의 입술은 확실하게 닿아 있었다.

그 사실에 현기증이 일었다.

타치바나의 볼이 붉게 상기했다.

닦아내는 도중 기분 탓인지 타치바나가 입을 바짝 갖다 대는 것처럼 느껴졌다. 혹시 이 수건이 없었다면 어떤 감촉이었을까. 어떤 기분이 들었을까.

"젖은 곳, 전부 닦아줘."

"알았어."

목덜미에 입을 들고 가 닦아냈다. 목덜미가 하얗다.

다음은 블라우스. 젖은 곳이 조금 비쳐 보였다. 향기로운 섬유 유연제의 냄새. 천이 얇았다.

어깨, 가슴, 치마.

나는 젖은 곳도 젖지 않은 곳도 수건 너머로 얼굴을 들이대고 있었다.

왜 그런 짓을 했는지는 알 수 없었다. 이성이 망가지기 시작했다.

내가 몸 어디를 닦아내도 타치바나는 전혀 저항하지 않았다.

그저 달콤한 숨결을 흘릴 뿐. 나는 타치바나의 몸을 느꼈다. 그리고——.

무얼 해도 용서받을 것이다. 그런 생각이 들었다.

타치바나의 가냘픈 몸을 껴안고 싶다. 그런 충동이 일었지만, 억눌렀다. 그런 짓은 할 수 없었다. 나는 이성이 완전히 사라지기 전에 몸을 뗐다.

"다 닦았어."

"고마워."

타치바나는 어째 황홀한 표정을 짓고 있었다.

호흡도 얕았다. 어쩌면 나와 똑같이 머리의 나사가 풀리기 시작했을지 모른다.

"부장은 뭐 해줬으면 하는 거 없어?"

"그러게. 조금 움직였더니 배가 고픈 것 같기도 하네."

"그러면 마침 여기에."

테이블 위에는 작은 은색 포장지에 담긴 포키가 놓여 있었다.

"이거, 먹어도 돼."

우리는 완전히 싱크로했다. 이제 말은 필요 없었다.

타치바나가 은색 봉투를 입에 물고 내밀었다. 나는 반대편을 물었다.

서로 반대 방향을 향해 잡아당기자 봉투가 열렸다. 테이블 위에 올려놓았다. 두 사람의 호흡이 절묘했다.

타치바나는 거기서 포키 하나를 입에 물고 내밀었다.

나는 그 끝을 한 입 베어 먹었다. 포키가 짧아졌다.

짧아진 만큼 포키를 물고 있는 타치바나의 입술이 가까워졌다.

또 한 입. 포키가 짧아졌다. 타치바나의 입술이 가까워졌다.

또 한 입, 짧아졌다, 얇은 입술이 가까워졌다.

포키가 사라지면 우리는 제로 거리다.

타치바나, 그래도 괜찮단 거지?

내게는 이제 타치바나의 입술밖에 보이지 않았다. 완전히 그러한 문맥이 생겨났다.

타치바나도 그것을 알고 있었다.

'괜찮아.'

라고 말하는 듯이 턱을 들어 올리고 입술을 앞으로 내밀었다.

나와 타치바나의 사랑의 상대 거리는 포키였다. 곧 그 거리는 제로가 된다.

첫 번째로 좋아하는 상대와 감정에 몸을 맡기고 키스를 할 것이다.

타치바나는 센스가 있고 독창적이다. 분명 지금까지 해본 적 없는 창의적이고 굉장한 키스를 할 것이 틀림없었다. 평범한 사람이라면 절대 못 할, 나로선 떠올리지도 못할, 불건전하기 짝이 없고 기분 좋은 키스를.

슈퍼카처럼 특별하고 독창적이며 비현실적인 아름다움을 지닌 타치바나.

그런 여자아이와 이제 곧 키스를 할 것이다. 첫 번째와 최고로, 창의적인──.

그러나 키스 직전까지 가서.

갑자기 타치바나가 입을 뗐다.

무정하게도 남은 포키가 전부 내 입으로 들어갔다.

'기대했어?'

그런, 장난스러운 웃음을 띠는 타치바나.

무지하게 기대했다.

나는 사료 앞에서 멈추란 말을 들은 강아지가 되어버렸다. 하고 싶었다. 키스. 이 감정은 갈 곳을 잃었다.

이젠 불가능하다. 더는 못 참겠다. 억지로라도 타치바나의 입술을 뺏고 싶었다. 그러나──.

입안의 감촉으로 타치바나의 참뜻을 깨달았다.

포키의 과자 부분.

타치바나가 물고 있던 부분이 눅눅하게 젖어 부드러웠다.

나는 그것을 씹었다. 타치바나가 입에 머금고 있던 그것을, 내 입에 머금었다. 그것은 키스보다도 배덕적이고 금지된 행위였다.

삼키는 순간 형용할 수 없는 쾌감이 전신을 달렸다.

"어때?"

"타치바나는 천재가 아닐까."

"아직도 배고프지 않아?"

"엄청 고파."

포키 한 봉지가 사라질 때까지 같은 행위를 반복했다. 앞뒤 생각 없이 엉망으로 타치바나가 입에 물고 내가 베어 물었다. 직전에, 입을 뗐다. 반복, 반복, 반복.

다음 봉투로 갔다. 어쩌면 다음에는 키스를 해줄지도 모른다. 그런 기대를 가슴에 품고서.

하고 싶다, 키스가 하고 싶다.

더, 더 포키를. 포키를 줘. 더, 더 줘. 더. 줘, 타치바나, 줘, 포키, 더, 더 줘 포키, 더, 더, 포포포포.

정신을 놓았다. 눅눅한 과자가 뇌를 파괴해 격추되고 말았다.

타치바나도 숨이 거칠어졌고 눈의 초점이 맞지 않았다. 타치바나도 정신을 놓았다.

마지막 한 봉지. 나는 예감했다. 이번엔 간다.

두 사람 다 이렇게 미친 상태에서 키스를 한다면 굉장한 일이 일어날 것이다. 아마도 죽을 만치 기분이 좋으리라.

최고의 예감과 함께 두 사람의 공동 작업, 마지막 은색 봉투를 열었다.

그러나——.

거기서 20분이 지났음을 알리는 타이머가 울렸다.

얼빠진 소리와 함께 찾아온 허탈감.

우리는 평소처럼 정신을 차리고 반성했다.

지금까지 무슨 생각을 한 건지, 제정신이 아니었다.

"역시 금서에 실린 게임은 경솔하게 건드리면 안 되는구나."

"…………그러게."

◇

한동안 소파에 몸을 내던지고 축 늘어져 있었다.

그러고 있는데 타치바나가 내 위에 올라탔다.

"저기?"

제법 아슬아슬한 자세였다. 흐트러진 치마 아래로 하얀 허벅지가 크게 드러났다. 하야사카였다면 분명 일부러 한 것이었겠지만, 타치바나는 판단하기 어려웠다. 어찌 됐든 간에———.

"게임은 이제 끝났어."

"그냥 넥타이 돌려주려고."

타치바나는 자기가 하고 있던 넥타이를 풀어내 옷깃에 감았다.

넥타이를 매어주다니 신혼부부 같다고 나는 조금 설레었다.

"하야사카를 너무 놀리지 마."

"응."

순순히 고개를 끄덕이는 타치바나.

"이제 필요 없어. 알았으니까."

"뭘?"

"하야사카의 좋아한다는 감정엔 두 가지가 있어. 그렇지?"

하나는 선배를 향한 마음. 또 하나는 나를 향한 마음.

"내겐 하나밖에 없으니까. 그래서 몰랐어."

똑같이 하고 타치바나는 계속 말했다.

"부장의 좋아한다는 감정에도 두 가지가 있지."

하나는 하야사카를 향한 마음. 또 하나는······.

타치바나는 거기서 말을 멈췄다.

대신 내 볼을 만지며,

"있지, 키스하자."

그런 말을 했다.

"나, 해본 적 없어서 해보고 싶어."

그대로 타치바나의 얼굴이 가까이 다가왔다. 나는 어깨를 붙잡고 제지했다.

"안 돼."

"왜?"

"그런 짓은 하면 안 돼. 남친한테 미안하잖아."

"그 사람, 남친 아냐."

"어?"

"약혼자 친척이야. 나한테 남자가 꼬이지 않도록 그냥 남친인 척하는 거야."

충격적인 사실이었다. 그래도.

"약혼자도 제대로 있잖아?"

"있어."

"헤어질 순 없는 거지?"

조금 깊이 들어간 질문이었다.

타치바나는 고개를 끄덕였고, 알고는 있었지만 충격이었다.

"엄마 회사가 순조로운 거, 그 사람 아버지 덕이라. 엄마가 고생해온 걸 아니까, 거절할 수 없어."

타치바나는 내게서 몸을 떼고 일어났다.

"부장은 약혼자가 있는 여자는 좋아하지 않는구나."

"그런 건 아닌데."

"그래도 키스는 안 해주잖아."

해선 안 된다고 나는 말했다.

"그렇구나. 그럼 난 평생, 아무와도 키스 못 하겠네."

"왜?"

"있지, 시로."

타치바나가 갑자기 성이 아닌 내 이름을 불렀다.

"그거 알아?"

"뭘?"

"전에 노래방에서 첫사랑 얘기했잖아."

어릴 적, 처음으로 좋아하게 된 여자아이에게 '다른 남자애랑 친하게 지내지 마.' 라고 말해버린 에피소드.

"10년 전 일을 용케 기억하고 있네."

"첫사랑이니까."

"그래도 사실은 조금 다르지."

타치바나가 말했다.

"정확하게는 있지, 시로는 그 여자애한테 '다른 남자애한테 손끝 하나 대지 마' 라고 했어."

"더 부끄러운데."

"그렇지. 그래도 그 여자애는 진짜로 받아들였나 봐. 10년이 지난 지금도 다른 남자는 만지지도, 다른 남자가 만지는 걸 허락하지도 않고 있고 그 남자애가 상대가 아니면 설렐 수도 없나 봐."

타치바나는 유리 같은 눈동자로 나를 붙잡고 놓아주지 않았다.

"있잖아."

서늘한 손이 내 볼에 닿았다.

"그거 알아?"

"뭘?"

타치바나는 얼굴을 가까이하고 조금이라도 내가 움직이면 입술이 겹치고 말 듯 한 거리에서 말했다.

"그 여자애가 나란 거, 알아?"

나는 아무 말도 할 수 없었다.

여기서 무슨 말을 해버리면 우리의 관계가 크게 변화할 것을 알고 있었다. 그러나 왜인지 하야사카의 얼굴이 떠올라 역시나 아무 말도 하지 못했다. 말해버림으로써 찾아올 변화가 무서웠는지도 모른다.

한동안 서로를 바라본 뒤 타치바나가 내게서 멀어졌다.

"뭐, 무슨 상관이람."

그리고 이번에야말로 돌아갈 준비를 하고 망설임 없이 부실을 나가버렸다.

혼자 남은 부실에서 포키 봉투를 바라보았다.

하나 집어 입에 넣었다.

부족했다. 눅눅한 과자가 아니면 만족할 수 없게 되어버린 모양이었다.

타치바나, 제법인걸.

포키를 먹으며 타치바나가 했던 말을 떠올렸다.

'그 여자애가 나란 거, 알아?'

알고 있어.

그래서 타치바나는 특별하고 무슨 일이 있어도 내게 있어 첫 번째 여자란 거야.

나는
두 번째 여친
이라도 괜찮아

제6화 사각 혁명

여름방학까지 2주가 남았을 무렵 마키가 말했다.

"가자, 여름 합숙."

오전 중에 수업이 끝난 뒤 부실에서 있었던 일이다.

계기는 마키와 사귀는 미키 쌤이란 영어 교사였다. 폐부 직전이던 미스연을 부활시킬 때 고문으로서 그녀의 이름을 빌렸다. 그 미키 쌤이 미스연의 부 활동 실적이 없다면서 직원회의에서 혼났다는 모양이다.

"합숙을 한다 쳐도 뭘 하려고."

"미스터리 영상을 찍어서 인터넷에 올리는 거지. 그러면 활동 실적으로 충분하잖아. 거기다 온천 여관에서 무료로 묵을 수도 있어."

마키가 태블릿으로 보여준 것은 고풍스러운 온천 여관의 홈페이지였다.

"선전 목적이래. 여관을 무대 삼아 단편 영상을 촬영해서 동영상 사이트에 올리면 공짜란다. 비수기인 여름엔 방이 비니까 마침 딱이었겠지."

대학생의 영화 촬영 동아리 같은 곳을 대상으로 잡은 녀석이었다.

무료로 묵는 대신 선전 영상을 찍어달라는 것이다.

"그렇게 됐으니까, 해보자고, 온천 미스터리."

"싫은데."

"왜?!"

"그냥 귀찮잖아."

"야, 활동 실적 안 만들면 부실도 뺏겨."

"그건 곤란한걸."

"그러면 할 수밖에 없지."

마키는 의욕이 충만했다. 한 번 영화감독을 해보고 싶은 모양이었다. 이미 만연의 야마나카에게 콘티 제작을 의뢰했다고 한다.

"배우는 그럴싸한 녀석들을 꼬시자고."

"각본은?"

"타치바나가 쓰면 되겠지. 그런 크리에이티브한 건 잘할 것같잖아."

"그럼 넌지시 말이나 꺼내 볼까."

"대답이 시원찮네. 무슨 일 있었냐?"

"그런 거 아냐."

"그러고 보니 요즘 타치바나 녀석 학교 쉬고 있지."

"피아노 콩쿠르가 있어서 그게 끝날 때까진 쉰대."

그것은 사실이었다. 그러나 실제로 요즘 나와 타치바나는 사이가 좋지 않았다.

키스를 거절한 이래 타치바나는 무척 비위가 사나웠다.

"역시 무슨 일 있었지."

마키가 히죽거리며 말했다. 이상한 부분에서 감이 좋았다.

"그래도 뭐, 타치바나와 관계가 틀어져도 문제없지. 아무렴 누구나 부러워할 두 번째 보험을 들어놨으니까."

마키가 학교 건물 밖을 바라보았다. 멀리 뒷문 근처에 하야사카가 서 있었다.

"같이 돌아가려는 거지?"

"그런 셈이지."

나는 자리에서 일어나 돌아갈 준비를 시작했다.

"지금은 괜찮을지 몰라도 너 곧 힘들어질 거다."

마키가 의미심장하게 말했다.

"뭔 소리야, 그게."

"내 입으론 말 못해. 그래도 곧 알게 될 거야."

어차피 미키 쌤이 무언가 언질을 준 것이겠지.

"아무튼 여름 합숙은 가자. 안 그러면 부실을 뺏길 테니까."

"그래."

그러나 하나 궁금한 것이 생겼다. 단편 영상을 찍는다 쳐도.

"내 담당은 뭐야?"

"키리시마는 연기도 못 할 것 같지."

어쩔까 하고 마키는 고민하다가 대답했다.

"시체 역이 괜찮겠다."

"나 이래 봬도 부장인데."라고 말하면서도 상상해봤다.

나무 바닥이 깔린 어둑한 방에서 유카타를 입은 타치바나가 천천히, 정성껏, 무척 상냥하게 나를 죽이는 것이다.

"뭐, 그것도 나쁘지 않을 것 같네."

"변태 같은 망상도 적당적당히 해."

◇

첫 번째 상대를 우선한다.

두 번째끼리 사귀기로 정했을 때 만든 규칙이며 그것은 나와 하야사카 모두 잘 아는 사실이었다. 그러나 브레이크가 듣지 않을 때도 있었고 이번에는 하야사카가 그런 모양이었다.

"저번에는 미안해. 계속 말하려 했는데……."

함께 돌아가던 중, 하야사카가 사과했다. 며칠 전 있었던 타치바나의 감정 시험에 대해서였다.

"타치바나한테 맞서서. 뭐랄까, 지고 싶지 않았어."

"처음부터 내 넥타이라고 눈치챘어?"

"응. 그야 키리시마는 여름에도 넥타이를 매는데 안 매고 있었잖아."

여담으로 셔츠는 단추를 끝까지 잠근다.

"내가 뒤로 물러섰어야 했는데. 그랬는데도 그때는 질투해버렸어. 미안해."

너무 시무룩한 얼굴이라 나는 하야사카의 손을 잡았다.

"키리시마."

하야사카의 얼굴이 밝아졌다.

이렇게 손을 잡기만 해도 상대가 기뻐해 준다. 근사하면서도 내가 한 행동이 상대에게 커다란 영향을 주고 있다는 게 신기하기도 했다.

　"세간에서 질투는 좋지 않은 감정이라고들 하지."

　특히나 연애에서는 그렇다. 남자의 질투는 꼴사납다느니 하는 그런 말을 자주 듣는다.

　"그래도 무척 자연스러운 감정이 아닐까."

　독점하고 싶다, 특별한 대상이 되고 싶다는 마음은 누구에게나 있을 것이다.

　"좋아하니까 질투하는 거야."

　어른이 되면 더 다르게 생각할 수도 있을지 모르지만, 지금은 아직 불가능했다.

　"그래도 난 첫 번째로 좋아하는 여자애를 질투한 거잖아. 방해한 거라구."

　"우리는 두 번째 사랑을 여전히 어딘가 얕잡아보고 있었어."

　우리는 두 번째끼리였지만 어엿한 연인이었고, 틀림없이 서로를 좋아했다. 그 감정은 강력해서 제대로 제어할 수 없을 때도 있었다.

　"질투는 좋아한다는 감정의 증거야."

　"키리시마도 질투할 때 있어?"

　"하야사카가 풋살을 하러 갈 때 가지 말길 바랐어. 첫 번째 상대를 만나러 가는 건데도. 두 번째라도 괜찮다는 사인을 보낼 땐 괴로웠지."

"기쁘다."

하야사카는 내 얼굴을 바라보며 말했다.

"키리시마가 질투해줘서, 나 기뻐. 왜일까, 이상해?"

"아냐, 그러면 돼. 나도 하야사카가 질투해줘서 기뻤어."

아마도 두 번째끼리 사귄다는 것은 첫 번째를 질투하는 것과 세트일 것이다.

그런 조금 비뚤어진 관계성.

"있잖아, 키리시마, 더 질투해줘."

하야사카가 말했다.

"풋살 때 몸도 많이 부딪혔거든."

"잠깐만."

"같이 쓰러져서 몸이 겹칠 때도 있었어."

"별로 듣고 싶지 않은데."

"허벅지를 부딪쳤을 때 '안 아파?' 라면서 부드럽게 만져주기도 했어."

"그 이상은 좀."

"나, 그때마다 기뻤어."

"그래도 돼, 되긴 하는데!"

"키리시마, 지금 기분이 어때?"

"죽어버릴 것 같아."

하야사카는 내 여자 친구이기에 껴안을 수도, 키스할 수도 있었다. 하야사카도 그렇게 대해주는 것을 원했다. 그러나 그런 여자아이가, 분명 날 좋아하는 여자아이가 다른 남자와 놀며 행복을 느끼고 있었다. 제법 복잡한 기분이었다.

하지만 두 번째끼리 사귄다는 것은 그런 것이다.

내가 질투에 불타 몸부림칠 때마다 하야사카는 기쁜 듯이 웃었다.

"키리시마가 타치바나랑 사이좋게 지낼 때 나도 그런 기분이었어."

"미안해."

"괜찮아. 이게 우리 관계잖아? 우리가 제대로 좋아한다는 증거지? 있지, 키리시마. 나도 질투하고 싶어. 더 할래."

하야사카가 그렇게 말해서 나는 전에 말하지 않았던 비 오던 날의 일을 얘기했다.

"타치바나에게 벽쿵 해달라고 부탁받은 적이 있었어."

"했어?!"

"했지. 가슴이 설레었대."

"그런 건 그렇게 막 하면 안 돼!"

"타치바나의 얼굴이 가까워서 나도 설레었어."

"그래도 되는데, 되긴 하는데!"

하야사카는 질투하면서도 어딘가 즐거워 보였다. 그래서 나는 이번에는 내 차례라는 듯이 타치바나와의 사이좋은 에피소드를 피로했다.

"옆 음악실에서 내가 좋아한다고 말했던 음악을 꼭 쳐 줘."

"우연이야! 분명 키리시마 착각이라구!"

"점심시간에 부실에서 도시락 반찬도 교환했지."

"그만, 그만 들을래⋯⋯."

"타치바나는 내가 좋아하는 밴드의 앨범을 전부 다운로드했대."

"그거, 나도 들을래!"

타치바나와 있었던 일을 얘기할 때마다 하야사카는 내 손을 강하게 쥐기도 하고 눈을 꾸욱 감기도 하며 팔에 매달리기도 했다. 그 뒤로도 우리는 서로 첫 번째와의 사이좋은 에피소드를 자랑하며 말했고 질투에 불타 녹초가 되었다.

"두 번째끼리 사귀는 건 고생이구나."

하야사카가 말했다.

"그래도 있지, 상대가 타치바나라서 허락하는 거야. 만약 다른 여자애랑 그렇게 했다면――."

"했다면?"

"으~음, 키리시마에겐 화 안 낼 것 같아. 아마 상대인 여자애한테 화낼 거야. 내 남친 건드리지 말라고."

"하야사카는 나한테 너무 착해."

에헤헤 하고 하야사카는 웃었다.

"그래도 키리시마, 타치바나랑 무척 친해졌네."

"그거 말인데."

나는 털어놓았다. 타치바나에게 약혼자가 있다는 사실. 그리고 타치바나가 약혼자와 헤어질 생각이 없다는 사실을.

그러면 이제 내게 남은 건 하야사카뿐이란 소리였다. 하지만――.

"있잖아, 하야사카."

"알고 있어. 내가 키리시마를 동정해서 일부러 첫 번째를 포기하는 게 아닐까 걱정하는 거지. 괜찮아."

그런 거 키리시마가 싫어하는 거 알고 있으니까, 하고 하야사카가 말했다.

"나, 키리시마가 싫어하는 건 절대 하기 싫어. 그러니까 일부러 첫 번째 사람에게 차이거나 하지 않을 거야. 키리시마가 바라는 대로 할게. 그렇게 하면 될 것 같아. 난 키리시마 여친이니까. 나 있지, 키리시마를 위해서 착한 여친이 되고 싶어. 하고 싶은 게 있으면 말해줘. 마음에 안 드는 게 있으면 말해줘. 전부 해주고 전부 고칠게."

"아, 응."

"여름방학이 되면 데이트 잔뜩 하자, 바다에 불꽃놀이에 여름 축제까지!"

하야사카는 잔뜩 신이 난 목소리로 말했다.

"그래서 여름방학에는 어엿한 연인이 되자. 제대로 추억도 만들고 제대로 남들처럼 하자. 두 번째라도 상관없으니까 어엿한 여친으로 대해줘. 난 키리시마라면 전혀 괜찮으니까. 항상 다정하게 대해주고 곤란할 때는 도와주잖아. 키리시마, 키리시마, 키리시마, 키리시마, 키리시마."

하야사카가 강하게 손을 쥐어왔다. 뭔가 무거운 압박감을 느꼈지만 표정은 산뜻하게 웃고 있었으니 별거 아니겠지…….

"있지, 키리시마, 우리 사귀는 사이 맞지?"

"어, 어어."

"그러면 타치바나에게 했던 거랑 똑같은 거, 나한테도 해줘."

"아까 말했던 벽쿵이나 팔꿈치쿵 말야?"

응, 하고 하야사카는 고개를 끄덕였다.

"상관없긴 한데 어디서 할까? 학교로 돌아가서 부실 쓸까?"

거긴 타치바나 냄새가 나서 별로 하고 하야사카는 고개를 저었다.

"그럼 어디서?"

"내 방으로 가고 싶은데 오늘은 엄마가 있거든."

왜 그것을 신경 쓰는 것인가.

"그러고 보니 조금만 더 가면 신사가 있었지?"

인적 드문 신사가 있기는 했다. 경내 뒤에는 신을 모시는 숲이 있었고 나무가 우거졌다. 밤에 커플이 그런 짓을 한다는 소문도 있었다.

"아무리 그래도 너무 하늘 무서운 줄 모르는 거지. 거기다 누구한테 들킬지도 모르잖아."

그러게, 하고 하야사카는 수줍은 표정을 띠며 말했다.

"두근거린다, 그치?"

◇

"넌 나만 보면 돼."

하야사카를 커다란 삼나무 앞에 세워놓고 벽쿵을 했다.

"응. 키리시마만 볼게."

하야사카는 사양하지 않고 내게 달라붙더니 온몸으로 껴안았다. 신사 경내에 들어갔을 때부터 하야사카는 완벽하게 스위치가 켜졌다.

'그치만 오랜만에 단둘인걸.'

그런 말을 했다. 타치바나와 다투었던 반동도 있는 게 아닐까.

"그보다 하야사카, 나 땀을 꽤 흘렸는데."

나무 그늘에 있다곤 해도 제법 더웠다. 매미가 쉴 새 없이 울어대는 계절이라 셔츠가 땀으로 매우 축축했다. 그래도 하야사카는 신경 쓰는 모습이 아니었다.

"나도 땀 흘렸어."

그렇게 말하며 떨어지려 하지 않았다. 땀과 땀이 뒤섞여 두 사람의 경계가 사라질 것만 같았다.

"벽쿵, 제법 마음에 드나 봐."

"아니, 원래는 이런 게 아냐."

"그래?"

"빈틈을 찔려서 여자는 쑥스러워하며 시선을 피하는 거지."

미묘한 거리감을 즐기는 것이다.

"그럼, 이번에는 내가 넥타이 당길게."

하야사카는 내 넥타이를 쭉 당겨서 얼굴을 가까이했다. 다음 순간, 하야사카가 내 입술에 키스를 하고 혀까지 집어넣었다. 넥타이를 붙잡은 손도 결국 내 등 뒤에 둘러 그냥 껴안으며 키스를 하는 모양새가 됐다.

긴 시간, 키스를 해서 입꼬리에 침이 흘렀다.

"나, 넥타이 당기기도 마음에 드나 봐."

"이것도 전혀 다른데."

"타치바나랑 비교하면 어때?"

"아니, 타치바나랑은 키스한 적 없어."

"타치바나랑 비교 받고 싶어. 비교해주면, 아마 엄청 기분 좋을 거야."

하야사카, 점점 이상해지는 것 같은데?

"응? 비교해줘. 타치바나랑 한 벽쿵은 느낌이 어땠어?"

"타치바나는…… 역시 센스가 좋더라고."

"두근거렸어?"

"……응."

"그랬구나."

그래도 딱히 상관없다며 하야사카는 밝은 표정으로 말했다.

"타치바나랑은 미스연 노트에 적힌 걸 잔뜩 했지? 다른 건 없어?"

하야사카에의 질문에 나는 잠시 생각한 뒤 대답했다.

"귓가에 미스터리란 게 있어."

서로가 딱 달라붙어 귓가에 작품의 제목을 말하고 저자를 맞추는 게임이었다. 타치바나와 서로의 귀를 핥은 것은 말하지 않았다. 특히나 스위치가 켜진 하야사카에겐 말할 수 없었다.

"그거 하자."

"하야사카, 미스터리는 잘 안 읽잖아."

"그럼 국어 자료집에 실린 거로 하자."

선 채로 귓가에 속삭이기 위해 얼굴을 교차시켰다.

"도련님."

"나츠메 소세키."

"주문이 많은 요리점."

"미야자와 겐지."

서로에게 퀴즈를 몇 개 내어보고 하야사카가 의아해했다.

"이거, 어디가 재밌는 거야?"

"그럴 줄 알았지."

귓가에 미스터리도 손을 쓰면 안 되는 게임도 재미있을지 어떨지는 플레이어의 센스에 달려 있었다. 즉 타치바나의 상상력에 의존했던 것이다.

"남녀가 친해지기 위한 게임 아냐? 어떻게 해야 하는 걸까?"

어리둥절한 하야사카에게 나는 어쩔 수 없이 타치바나와 있었던 일을 얘기했다.

"이건 있지, 기분이 고양되다 보면 서로가 그냥 껴안는 것처럼 돼서 귀 같은 데를 핥기도 하고 그러는 게 아닐까? 아니, 전부 상상한 거야. 타치바나랑 그렇게 되진 않았어."

"귀……."

하야사카는 내 목뒤로 손을 두르곤 까치발로 딛고 서서 귀에 얼굴을 가까이했다. 그러자 하야사카의 분위기가 변했다.

"그래, 그랬구나……. 내가 바보였어."

멍한 눈으로 입가에 수상한 미소를 지었다.

"우리, 사귀는 사이였지. 이제 와서 친해지기 위한 게임은 할 필요 없었던 거야."

"하야사카?"

"변명 같은 게임은 할 필요 없어. 그런 속임수는, 필요 없어."

그렇게 말하고 하야사카는 내 귀를 핥기 시작했다.

브레이크가 완전히 망가졌다.

하야사카는 노골적으로 가슴을 들이댔다. 그러는 사이 점차 기분이 고양되어갔는지 점점 숨이 거칠어졌다.

"있잖아, 키리시마. 어때?"

"어떠냐니──."

"타치바나랑 비교해서, 어때?"

아니, 타치바나랑 이런 짓은 한 적 없는데 하고 나는 거짓말을 했다.

"상상이라도 괜찮으니까 비교해줘."

"……하야사카 혀가 더 뜨겁고 촉촉해서 기분 좋아. 타치바나 보다 더."

타치바나보다 더. 그 말을 듣고 귀에 닿는 하야사카의 숨결에 기뻐하는 기색이 섞였다.

딱 달라붙은 온몸에서 하야사카가 기뻐하는 마음이 전해져왔다.

솔직히 타치바나가 더 솜씨가 좋고 조심스러웠으며 아마도, 나와 여러 가지로 상성이 무척 좋은 것도 있어서 육체적인 쾌감은 그쪽이 좋았다. 그러나 하야사카는 솜씨는 떨어졌어도 절실히 온 힘을 다하려 했기에 정신적인 쾌감이 있었다. 여자아이가 이렇게까지 날 좋아해 준다는 만족감이 있었다.

"있지, 내 귀도 핥아줘."

머리카락을 들추고 귀를 핥았다. 하야사카의 몸이 떨렸다.

"아⋯⋯앙, 앗⋯⋯ 꺅⋯⋯ 아웃!"

"하야사카, 목소리."

"그치만, 나오는 걸 어떡해."

하야사카의 교성 때문에 왠지 나도 이상한 기분이 들었다. 하야사카의 귀를 집요하게 마구 핥았다. 하야사카가 기뻐하는 걸 알았기에 무심코 정도를 넘었다. 그리고 마지막으로 귀에 혀를 집어넣었을 때 하야사카가 한층 더 목소리를 높였다. 까치발이 되어 치마에서 뻗어 나온 허벅지에 한 줄기 땀이 흘렀다. 그것은 아마도, 땀이 전부는 아니리라.

"하야사카, 슬슬."

충분하다고 생각했다. 여태껏 없었을 만큼 직접적으로 사랑을 나눴다. 그러나.

"키리시마, 더 하자."

그것은 아마도 서로 귀를 핥아주는 것, 그 너머에 있는 것이다.

하야사카의 눈은 이제 초점이 맞지 않았다.

"아니, 키스까지라고 규칙으로──."

"그런 건 이제 필요 없어. 당연하지, 난 키리시마 여친이잖아?"

"응."

"하지만 타치바나가 키리시마의 넥타이를 매고 이어폰을 끼었을 때 그런 생각이 들었어."

"어떤?"

"여친이 된단 건 어떤 걸까 하고. 고백하면 여친일까? 하지만 그때, 타치바나랑 난 아무런 차이도 없었어. 난 분명 여친인데, 계속 지고 있었어."

"그렇지 않아."

"하지만 그것도 그럴 만해. 여친이라면 다들 평범하게 하는 걸 안 했으니까."

하야사카는 내 손을 잡고서 자기 가슴으로 가져갔다.

아까부터 줄곧 달라붙어 있어서 하야사카도 땀 범벅이었다. 젖은 머리카락이 묘하게 요염해 보였고 속옷도 비쳐 보였다.

내가 흐름에 몸을 맡기고 손을 그 언덕에 대자, 하야사카는 기쁜 듯한 표정을 지었다.

"아니, 잠깐만. 백 보 양보해서 애인끼리 하는 걸 한다 쳐도 여긴 밖이야."

"그게 좋은 거잖아."

하야사카는 내 허벅지에 다리와 다리 사이를 밀어붙이며 말했다.

"나는, 키리시마랑 타치바나가 사귀게 되어도 전혀 괜찮아. 그래도 있지, 키리시마가 내가 여친이란 사실을 기억해줬으면 좋겠어. 그러니까 나랑만 할 수 있는 걸 잔뜩 해두고 싶어."

그렇게 말하는 하야사카는 절박해 보였다.

"나, 지금 여기서 하고 싶어. 무리하는 거 아냐. 왜냐하면, 나, 아까부터 계속……."

몸이 뜨거워서 근질근질하다고 하야사카는 사라질듯한 목소리로 말했다.

"키리시마는 하기 싫어?"

나는 무언가 생각하려 했다. 하지만 밀어붙이는 하야사카의 몸을 느끼고 그만 말하고 말았다.

"……하고야 싶지."

"그래도 돼. 키리시마가 하고 싶은 거 전부 해줘."

흐트러진 셔츠, 치마에서 뻗어 나온 하얀 다리.

"내 몸, 전부 만져줘. 키리시마가 만지지 않은 곳이 없도록 해줘."

하야사카의 볼이 발갛게 달아올랐다.

나는 솟아오른 언덕에 올린 손에 힘을 주었다. 천 너머로도 그 감촉이 전해져왔다.

"앗, 키리시마……."

애달픈 목소리가 새어 나와 나도 스위치가 켜지고 말았다.

하야사카는 재미있게 반응을 보였다. 표정을 바꾸고 선정적으로 목소리를 높였다.

허리, 허벅지, 순서대로 만져 나갔다.

"키리시마…… 으음……."

재촉하는 하야사카에게 키스를 했다.

지금까지 본 적 없는 표정과 반응. 나는 그것을 더 보고 싶어서 하야사카의 몸을 만졌다. 더 보고 싶다. 내게만 보여주는 그 흐트러진 모습을, 더, 더 보고 싶다. 그런 생각에 들어본 적 없는 소리를 듣고 싶어서 무심코 치마 속으로 손을 집어넣으려 했다.

"괜찮아?"

"응. 나, 이제⋯⋯."

그때였다.

바닥에 던져놨던 가방 속에서 스마트폰이 소리와 함께 진동을 울렸다.

"잠깐만."

하야사카는 쪼그려 앉아 가방에 손을 뻗었다.

"전원 끌게. 이다음부턴 절대 방해받고 싶지 않으니까."

그렇게 말하며 스마트폰을 집어 들고 화면을 본 순간 하야사카가 얼어붙었다.

"하야사카?"

불러봐도 그저 화면을 응시할 뿐이었다.

나는 스마트폰의 화면을 힐끔 들여다보았다.

아하, 이 소리였군.

마키가 힘들어질 것이라 말했던 것은 이걸 말하는 것이었다. 학생회장이자 무엇보다 그 녀석도 같은 중학교 출신이라 아는 사이이니 사전에 연락을 받았음이 틀림없었다.

나도 내 스마트폰을 확인했다.

하야사카에게 도착한 것과 비슷한 내용의 메시지가 내 쪽에도 도착해있었다.

하야사카의 첫 번째 상대, 야나기 선배의 메시지였다.

'키리시마네 학교로 전학 가게 됐으니까 잘 부탁한다!'

◇

"진짜 마음에 안 드네!"

점심시간 연결 통로에서 마키가 씁쓸한 표정으로 말했다.

"이렇게 갑자기 인기 폭발에 유명해지는 건 너무 치사하지 않냐. 이쪽은 학생회장 같은 거나 하면서 아등바등 인기를 쌓아 올렸건만. 전학 첫날부터 뒤집어엎어 버리면 이걸 어떻게 견디 겠냐고."

야나기 선배는 전학을 오자마자 쾌활하고 멋있다며 온 학교의 주목을 받았다.

"너무 그러지 마. 마키도 중학교 때 신세 많이 졌잖아."

"그거야 나도 알지. 그래도, 이 내가! 학생회장인 이 내가! 여자 후배한테 '야나기 선배랑 아는 사이에요? 그럼 같이 놀러 갈래요? 야나기 선배도 불러서.' 그렇게 들러리 취급을 당했다니까? 이게 말이나 돼?"

나도 선배와 친하다는 사실이 알려지자 여자들의 질문 공세를 받았다. 선배가 좋아하는 음식은 무엇이냐, 어떤 음악을 듣느냐, 여자 친구는 있느냐.

"청소년 클럽에 다니다가 다쳐서 축구를 포기했단 것도 강점이지. 여자는 비극을 좋아하니까. 야, 키리시마, 어디 가냐."

"학교 안내하기로 선배랑 약속했어."

"너까지 야나기 선배냐."

징징거리는 마키를 두고 3학년 교실로 향했다.

선배는 키가 커서 금세 찾을 수 있었다.

"안녕, 키리시마."

선배가 나를 발견하고 다가왔다.

함께 복도를 걸으니 다들 선배를 바라보았다. 옆에 있는 나까지 유명해진 듯한 기분이 들었다. 여기는 시청각실, 저기는 매점, 그렇게 설명을 하며 돌았다.

"그래도 전학이 꽤 갑작스러웠네요."

"이전 학교는 그냥 축구 클럽에 다니기 쉬워서 고른 곳이었거든."

그러고 보니 거리가 꽤 멀었다.

"수험 준비하기에도 안 맞고. 그래서 최대한 빨리 다니기 쉽고 수험에도 유리한 학교로 편입하고 싶었지."

"여름 특강 같은 것도 열리니까요. 그래도 축구에 미련은 없어요?"

"없어. 나 같은 놈들은 얼마든지 있으니까. 그보다 키리시마, 나한테 존댓말 안 써도 된다고 전부터 말했잖냐."

"아니, 아무리 그래도 어렵다니까요."

그런 얘기를 나누고 있다가 문득 복도에 수수한 버전의 사카이가 서 있는 사실을 눈치챘다.

"그쪽이 전학 왔다는 야나기 선배군요."

사카이는 야나기 선배 앞에서도 거리낌 없이 당당했다. 주변 사람들도 살짝 놀라고 있었다.

"잠깐 볼일이 있는데요."

"뭔데?"

"뭐, 볼일이 있는 건 제가 아니지만요."

보아하니 사카이의 등 뒤에 숨어서 하야사카가 이쪽을 살피고 있었다.

사카이는 하야사카의 등을 밀어 앞으로 내세웠다.

"오, 하야사카잖아."

야나기 선배가 한 손을 들어 인사했다.

하야사카는 순간 얼굴을 새빨갛게 물들이더니

"안녕하세요!"

하고 인사하고는 이어서 내게도,

"키리시마, 안녕!"

하고 인사했다.

아무래도 하야사카는 첫 번째 상대를 앞에 두면 더 덤벙대는 듯싶었다.

"선배, 키리시마가 학교 안내해주고 있나 봐요!"

"하야사카, 왜 그래?"

야나기 선배가 의아해했다.

"어쩐지 얼굴이 빨간데."

"오늘은 많이 덥잖아요!"

"왠지 태도도 어색하고."

"그, 그러게요. 왜일까? 학교에서 선배를 보는 게 희한해서 그런가? 아하하."

애기하면서 하야사카는 점차 차분해졌다.

완전히 평소 모습으로 돌아오고서야 나는 말을 걸었다.

"하야사카, 선배 안내해주지?"

"어? 내가?"

"나 저번 시험에서 낙제점을 받아버렸거든. 추가 시험을 준비해야 해."

"키리시마가 낙제점을 받을 때도 있어? 아."

하야사카는 내 의도를 눈치챘는지 "그, 그렇구나." 하고 표정을 다잡았다.

"응, 안내할게. 나, 열심히 할게."

"그럼, 전 이만."

나는 슬쩍 두 손가락을 들어 보이고 그 자리를 떠나려 했다. 그러나.

"매정한 소리 하지 말고. 셋이서 같이 돌자."

야나기 선배가 어깨동무를 했다.

"공부라면 내가 나중에 봐 줄게. 중학교 때처럼."

그리고 하고 선배는 귓가에 속삭였다.

"키리시마, 역시 너 하야사카를 좋아하지."

"아뇨, 그런 거 아니에요."

"쑥스러워하긴. 나한테 맡겨두라니까."

맡기고 뭐고 간에 나와 하야사카는 두 번째이면서 어엿한 연인 관계였지만, 그것을 알 리도 없는 선배는 "그럼, 하야사카 잘 부탁해!" 하고 말했다.

결국 셋이서 학교를 돌아보게 되었다.

하야사카가 우리 앞을 어색하게 걸어갔다.

"내 생각에 키리시마는 가능성이 있어."

"왜 그렇게 생각해요?"

"하야사카, 엄청 수줍어했잖아. 분명 키리시마를 의식해서 그런 거야."

야나기 선배, 역시 둔감하다.

중학교 시절부터 그랬다. 하굣길에 함께 편의점 앞에서 아이스크림을 먹고 있었더니 여자들이 뜨거운 시선을 보내왔다. 그것을 본 선배가 말했다.

"키리시마, 너 인기 엄청 많다."

내가 아니었다.

언제나 멋있는 것은 선배였고 지금도 그랬다.

키가 큰 선배 옆을 하야사카가 조심스러운 태도로 걸어가니 무척 어울렸다.

다른 학생들은 그것을 보고 하야사카라면 어쩔 수 없다며 납득했다.

하야사카의 첫 번째 상대가 갑자기 현실이 되어 나는 왠지 하야사카가 멀게 느껴졌다. 그러나 본래 이런 것이다. 그래서 나는 선배에게 들리지 않도록 작은 목소리로 하야사카에게 말했다.

"내가 응원하는 거 알지."

하야사카는 평소 같은 웃는 얼굴로 주먹을 불끈 쥐었다.

"응, 나, 힘낼게!"

◇

"불량해졌네. 양아치 같아."

사카이가 말했다.

자전거 주차장에서 있었던 일이다. 왠지 교실에 가고 싶은 생각이 들지 않아서 수업을 빼먹고 있던 걸 들키고 말았다.

"무슨 볼일이라도 있어?"

"만연 야마나카가 찾더라. 단편 영상 콘티를 만들라고 마키가 부탁했는데 각본은 어떻게 할 거냐던데."

미스연 여름 합숙 이야기였다.

"각본은 아마 타치바나가 맡게 될 거야. 콩쿠르가 끝나면 말해둘게."

얘기가 끝난 줄 알았는데 사카이는 히죽거리며 그대로 그 자리에 있었다.

"요즘 아카네, 덤벙대는 게 심해져서 눈 뜨고 못 보겠지."

"진짜 볼일은 그쪽이었냐."

"조리 실습 중에 쿠키를 만들었는데 아카네한테 받았어?"

"못 받았어."

선배에게 줄 거라며 기쁘게 말했다. 나는 안중에도 없는 모습이었다.

"그래서, 제대로 건넸어?"

"그럴 리가 없잖아. 이번에는 자기 다리에 걸려서 자빠졌어."

선배의 뒷모습을 발견하고서 쿠키를 건네려고 달리려다가 넘어졌다는 모양이다.

난 역시 안 되나 봐 하고 사카이에게 울며 매달렸다고 한다.

"나도 이래저래 끌려다녀서 힘들어."

같이 선배 교실에 가 보거나 돌아가는 길에 말을 걸려고 하거나.

"그래도 교실까지 가도 꼼지락거리기만 하고 돌아가는 길에 말을 걸어도 '안녕히 가세요!' 하고 인사만 하고 그대로 지나간다니까."

"하야사카답네."

그리고——.

"선배를 진짜 무척 좋아한다는 느낌이 들어. 역시 첫 번째 상대는 다르구나."

"그렇게 말하면서 풀이 죽은 두 번째 남자가 여기에 있네."

"놀리러 왔어?"

"그런 셈이지."

그래도 그게 다가 아냐 하고 사카이가 말했다.

"아카네, 키리시마를 잊은 거 아냐."

"그래?"

"오히려 엄청 신경 쓰고 있어. 아카네가 풋살에 참가할 수 있도록 해준 거 키리시마지?"

그렇다. 줄곧 비밀로 해왔지만 저번에 야나기 선배와 내가 실은 친했다는 사실을 알게 되며 전부 들키고 말았다.

"아카네, 또 혼자 중얼거리더라. '아무리 첫 번째 상대에 대한 거라지만 키리시마에게 심한 짓을 시켜버렸어, 미안해, 미안해.' 그렇게. '미워하면 어쩌지.' 그러면서 울먹거리더라고."

"그냥 내가 멋대로 한 건데……."

하야사카도 내가 타치바나와 친해질 수 있도록 우산을 하나 두고 가지 않았는가.

하야사카가 그렇게 생각하듯이 나도 하야사카가 행복해지길 바랐다.

"내 생각에 아카네는 헷갈리는 거야."

"그런가? 가장 좋아하는 상대랑 가까워져서 기운이 솟은 것처럼 보이는데."

"그건 키리시마가 처음에 그린 시나리오에 맞춰주려고 아카네가 배려해서 그런 거지. 첫 번째가 오면 첫 번째를 우선하는 것. 타치바나와 키리시마 사이가 괜찮게 흘러가서 자기는 선배한테 가야 한다고 무리하고 있을걸."

잘 생각해봐. 그 아카네라고. 그렇게 사카이가 말했다.

"키리시마와 많은 관계를 구축한 뒤에 거의 포기한 거나 다름없던 첫 번째 상대가 갑자기 근처에 나타났는데 쉽게 생각을 바꿀 수 있을 것 같아? 펑크 직전, 무슨 영문인지 모르는 상태일걸."

"두 번째인 나 같은 건 신경 쓸 필요 없는데."

"아카네 안에서는 처음에 정한 그 순서에 대한 규칙이 바뀌고 있는 거 아냐?"

"무슨 말이 하고 싶은데."

"만약에 키리시마가 힘으로 밀어붙이면 아카네는 따라올 거란 소리야."

"야……."

"흐음. 키리시마는 규칙 변경은 인정 못 하겠단 거구나. 그럼 내가 아카네랑 야나기 선배를 이어줘도 괜찮단 거지?"

"뭐?"

"사랑을 응원하는 건 두 번째인 사람만이 아니란 거지. 나도 친구니까. 그래도 돼?"

사카이의 떠보는 말에 나는 "마음대로 해." 하고 말했다.

"센 척하긴. 후회해도 모른다~."

그런 사카이의 사랑의 어시스트는 방과 후 곧바로 효과를 발휘했다.

사람들이 모두 나간 교실에 혼자 남아있는데 하야사카가 방긋방긋 웃으며 다가온 것이다.

"선배가 있지, 같이 가재! 새로 생긴 팬케이크 가게에!"

"……잘됐네."

아마도 배짱 있는 사카이가 선배에게 부탁한 것이겠지. 선배는 연하인 여자아이에게 부탁을 받으면 거절하지 못하는 성격이었다. 사카이도 촉이 날카로웠다.

"드디어 첫 번째 상대랑 단둘이서 데이트를 하는구나."

"응, 그러니까 키리시마도 같이 가자!"

"뭐?"

무슨 소리야? 그렇게 생각했다.

그러나 하야사카는 진심으로, 구름 한 점 없는 해맑은 표정으로 그렇게 말했다.

"그치만 난 키리시마가 없으면 안 되는걸! 계속 옆에 있어 줘!"

사카이가 말한 것은 사실일지 모른다.

하야사카는 지금 영문을 모르는 상태였다.

"선배랑 키리시마는 왜 그렇게 사이가 좋아요?"

하야사카의 질문에 선배가 대답했다.

"중학생 때 지자체 레크리에이션으로 캠핑을 갔거든. 산속에서 불을 지피고 텐트에서 하룻밤을 보내는 거였는데."

셋이서 팬케이크 가게에 와 있었다.

사카이가 하야사카와 선배를 이어주기 위해 작업을 한 셈인데 둘이서 나가게 된 것은 아니었다. 하야사카는 정신안정제 대신 내가 함께 가길 바랐고 선배로부터도 전날에 메시지를 받았다.

'하야사카가 역시 관심이 있나 보다! 사카이란 애한테 하야사카와 같이 놀아주면 안 되겠냐고 부탁을 받았는데, 하야사카는 바로 키리시마도 같이 가도 돼요? 그렇게 물어보더라고. 당일엔 어시스트해줄 테니까 나만 믿어.'

그리고 지금 선배와는 마주 앉았고 나와 하야사카는 나란히 앉았다. 팬케이크를 다 먹고서 식후 커피를 마시는 중이었다.

가게에 들어왔을 때 선배는 곧바로 나와 하야사카가 나란히 앉도록 유도했다. 나는 하야사카와 선배가 얘기하기 쉽게 두 사람이 마주 보도록 앉았다.

세 사람의 마음은 제각기 달라 확실히 하야사카에겐 힘든 상황일지 모른다.

"그 캠프에서 나랑 키리시마가 짝이 됐어."

"그래서 재미있어 보이길래 강 가운데 모래톱에 텐트를 쳤었죠."

내가 선배의 얘기를 받아 말했다.

"그랬는데 심야에 강물 소리가 요란하게 나길래 잠에서 깼거든. 상류에서 비가 많이 내리는 바람에 물이 불어났었나 봐. 모래톱이 점점 작아지다가 곧 바로 옆까지 물이 찼지. 그래서 밖으로 나갔다가 내가 불어난 강물에 빠져버렸어."

"키리시마, 맥주병이었지?"

"선배가 뛰어들어서 구해줬어."

"야, 중요한 걸 빼먹으면 어떡하냐."

"그래요?"

하야사카가 자연스럽게 물어봤다.

팬케이크 가게에서는 평소처럼 덤벙대지도 않았고 대화도 잘하고 있었다.

옆에 내가 있으면 효과가 있는 것은 사실일지 모른다.

선배 얘기를 들을 때 옆에서 본 하야사카의 표정은 그야말로 사랑에 빠진 여자아이란 느낌이었다. 그래도 책상 아래에서 내 무릎과 하야사카의 무릎이 부딪치면 이쪽을 바라보며 수줍은 표정도 보였다. 그리고 곧 선배가 있다는 사실을 떠올리고 태연함을 가장하려 했다.

마음속이 바빠 보였다.

가끔 어리둥절한 얼굴로 나를 보기도 했다.

'왜 야나기 선배랑 같이 있는데 키리시마도 있는 걸까?'

그런 얼굴이었다.

하야사카는 지금 상황에 전혀 대응하지 못했다.

"키리시마가 자고 있을 때 난 텐트 밖에서 짐을 정리하고 있었거든."

"깨니까 선배가 없길래 당황해서 밖으로 나왔는데 타이밍 안 좋게 나무가 물에 휩쓸려왔어. 난 그게 선배처럼 보였지. 자다 일어나서 안경도 안 썼으니까."

"그래서 날 구하려고 강으로 뛰어든 거야. 맥주병인데 남을 구하려고 뛰어드는 남자는 좀처럼 찾아보기 힘들걸."

"아니, 대단한 건 선배죠. 물이 불어난 강 속에서 사람을 구해 낸 거니까."

선배가 대단해요. 키리시마가 대단하지.

하야사카 앞에서 우리는 언쟁을 벌였다. 하야사카는 도중부터 사람 좋은 웃음을 짓고 있을 뿐이었다. 아마도 사고가 정지해버렸을 것이다.

첫 번째 사랑과 두 번째 사랑이 뒤섞여버린 것이겠지.

"그렇게 해서 나랑 키리시마는 서로 목숨을 구해준 사이란 거야. 그래서 중학교 땐 같이 자주 놀았어."

고등학교는 갈라져서 조금 소원해졌지만, 다시 같은 학교에 다니게 됐다. 그래서 이렇게 얘기를 나누는 건 무척 자연스러운 일이었다. 그런데도 이 자리를 불편하다고 느끼는 것은 나와 하야사카의 관계가 부자연스럽고 불건전하기 때문일 것이다.

"그럼, 난 볼일이 있어서 가 볼게."

선배가 자리에서 일어났다.

"둘은 천천히 있다가 와."

선배는 그 말만을 남기고 우리 몫까지 계산을 마치고 돌아가버렸다. 스마트하다.

나도 기회를 봐서 하야사카와 선배가 단둘이 되도록 상황을 만들려 했는데.

"결국 평소 데이트처럼 돼버렸네. 미안해, 제대로 못 도와줘서."

내가 말했다. 그러나 하야사카는 고개를 수그린 채 아무 말도 하지 않았다.

"왜 그래?"

"……나야말로 미안해. 야나기 선배랑 같이 있는데 키리시마를 데려와서. 냉정하게 생각해보면 내가 너무 심했지."

"괜찮아. 하야사카도 지금까지 날 위해서 여러 가지로 해줬잖아."

"……나, 키리시마한테 이런 짓을 시키고 싶었던 게 아냐."

난 진짜 안 되나 봐, 하고 하야사카는 울음을 터트릴 듯한 표정으로 말했다.

"분명 피곤해서 그런 거야, 하야사카."

그 뒤로 한동안 하야사카는 고개를 수그린 채 입을 다물고 말았다.

밖은 소나기가 내리기 시작했고 나는 테이블에 턱을 괴고서 비에 젖어가는 거리를 바라보았다.

소나기가 그치고 구름 틈새로 태양이 고개를 내밀자 하야사카가 고개를 들었다.

그리고 보기만 해도 괴로워지는 미소를 지으며 말했다.

"나──종업식 날에 선배한테 고백할게."

결과를 운에 내맡긴 고백은 실패하기로 정해져 있다.

드라마틱하게 느껴질지 모르지만 도중에 시합을 던지는 것이나 마찬가지다.

종업식이 끝난 뒤, 나는 혼자서 교실 의자에 앉아있었다.

하야사카는 지금 선배에게 고백하기 위해 3학년 교실로 향했다.

이 고백에 대해서는 며칠 전에 다시 한번 카페에서 대화를 나

누었다.

"너무 힘들어."

하야사카는 홍차를 바라보며 말했다.

"선배랑 같이 있을 때의 나랑, 키리시마랑 같이 있을 때의 나를 구분하는 거."

"역시나 어려워?"

"선배 앞에서는 나, 남친이 없는 것처럼 행동해. 하지만 실제로는 키리시마가 있잖아. 선배가 다른 학교에 있을 때는 괜찮았지만, 지금은 너무 힘들어. 왠지 내가 둘로 나뉘어 버릴 것만 같아."

셋이서 있으면 특히나 더 혼란스럽다는 모양이었다.

"난 배우는 못 될 것 같아."

"그야 연기를 잘하는 편은 아니지."

하야사카는 그 뒤로 내 얘기를 듣지도 않고 계속해서 말을 늘어놓았다.

"그러니까 고백할 거야."

"이대로라면 나, 어떻게 되어버릴 것만 같아."

"이 고백은 있지, 일부러 차이려고 하는 것도 아니고 내가 하고 싶어서 하는 거야. 그러니까 키리시마가 싫어하는 행동은 아닌 거지?"

나는 아무 말도 할 수 없었다. 하야사카는 한 번 하기로 정한 일은 오기로라도 밀어붙이는 면이 있었다.

그리고 종업식 날, 나는 하야사카의 고백 결과를 기다리고 있었다. 그러나——.

아마도 이 고백은 성공하지 못한다.

선배는 내가 하야사카를 좋아한다고 생각했다. 그러니 날 위해서 절대로 하야사카의 고백을 받아들이는 일은 없을 것이다. 그 사람은 그런 사람이었다.

솔직히 말해서 하야사카가 차이면 내게도 좋은 상황이었다. 그러면 나는 타치바나나 하야사카, 둘 중에 한 사람과 반드시 사귀게 될 것이다.

하야사카가 완벽한 보험이 되어 실연 확률이 0%가 되는 것이다.

무엇보다 이 어리광을 부리며 껴안는 버릇이 있는 귀여운 하야사카를 남에게 넘기지 않아도 된다.

그런 생각을 하는 나는, 비겁했다.

그러나 나는 자리에서 일어나 교실을 나섰다.

고백을 저지할 생각이었다.

나는 하야사카가 행복해지길 바랐다. 그래서 내게 형편이 좋지 않더라도 이 성공률이 한없이 제로에 가까운 고백을 저지해야 했다.

선배에게는 '내겐 달리 좋아하는 사람이 있다'고 전하자.

오해가 풀린 상태라면 선배가 하야사카를 좋아하게 될 가능성은 충분히 있었다.

왜 그렇게까지 하려는 것인가, 그것은 정말로 하야사카를 좋아해서가 아닐까.

다른 남자에 대한 사랑을 도와줄 만큼 좋아했다.

하지만 역시나 두 번째로 좋아했기에 이렇게 도와줄 수 있는 것인지도 모른다.

첫 번째였다면 냉정한 대응 따윈 분명 불가능했을 것이다. 나는, 그 점이 조금 슬펐다.

3학년 교실에 도착했을 때 하야사카를 발견했다.

복도에 서서 가슴에 손을 얹고 심호흡을 하고 있었다.

"키리시마, 무슨 일이야?"

하야사카가 날 눈치챈 그때였다.

마침 교실에서 야나기 선배가 나왔다.

"어?"

나와 하야사카가 동시에 소리를 높였다.

야나기 선배에 이어서 생각 못한 인물이 나타났기 때문이다.

"부장이네."

타치바나였다. 콩쿠르에서 돌아온 모양이었다.

그리고 의아한 표정으로 나와 하야사카를 번갈아 바라보았다.

"왜 그래?"

"아니, 타치바나야말로."

당황하는 날 보고 야나기 선배가 의아해했다.

"키리시마, 왜 그러냐."

"선배, 타치바나랑 아는 사이였어요?"

"아아."

선배는 머리를 긁적이며 타치바나를 바라보았다.

"말해도 돼?"

선배가 물어보자 타치바나는 "딱히 상관없어." 하고 말했다. 편하게 말을 하는 모습에서 두 사람이 전부터 아는 사이란 사실을 알 수 있었다.

안 좋은 예감이 들었다. 별로 듣고 싶지 않았다. 지금 당장 이곳에서 도망치고 싶었다. 세상에는 다른 사람을 통해 들어야 받아들일 수 있는 일도 있으니까.

타치바나는 내 쪽을 바라보고 있었으나 시선은 비스듬히 아래를 향했다. 평소의 쿨한 느낌과는 다른 무언가 미안해하는 듯한 태도. 나는 내 예감이 적중했음을 확신했다.

마음의 준비를 하게 해줘.

머리를 쉴 새 없이 굴렸다. 도망칠 방법, 속여넘길 방법, 조금만 더, 시간을──.

그렇게 생각했지만 선배는 망설임 없이 말해버렸다.

"약혼한 사이야."

"네?"

"나중에 결혼할 거야, 우리."

선배와 타치바나가 결혼을 한다.

그런 사실을 털어놓으면 난 대체 무슨 소릴 해야 할까.

"즉, 그렇단 건…… 축하드려요?"

"아직은 이르지."

감정이 상황을 따라가지 못했다.

타치바나가 다른 학교에 있다는 약혼자는 야나기 선배였다.

그러면, 어떻게 되는 거지?

나는 어떻게 해야 하지?

깔끔한 사각 관계가 완성되어 나와 타치바나는 대각선인가?

옆을 보니 하야사카는 온화하게 웃고 있었다.

아무런 생각도 하지 못하고 있는지 득도한 듯한 표정이었다. 이렇게 되면 차라리 편할 것이다.

"그런데 마키가 같이 하자던데."

선배는 평소와 똑같았다.

"단편 영상을 찍는데 사람이 부족하다며? 좋지, 나도 도와줄게. 여름 합숙. 하야사카도 같이 가자."

하야사카는 변함없이 부처 같은 미소를 짓고 있었다.

나도 무언가 생각을 해보려 했지만, 합숙이니 뭐니, 전혀 머릿속에 들어오지 않았다.

우선은 상황을 정리할 필요가 있었다.

이럴 때는 일상적으로 반복하는 동작을 해서 마음을 가라앉히는 것이 좋다.

집으로 돌아가면 연필을 깎자.

열두 자루의 연필이 날카롭게 번쩍거릴 즈음에는 분명 평정을 되찾을 것이다.

그렇게, 생각했다.

제6.5화 하야사카 아카네

하야사카 아카네는 사카이와 카페에서 대화를 나누고 있었다. 여름방학은 어디로 놀러 갈까 하는 그런 별것 아닌 대화였다.

"아카네, 블랙커피 같은 것도 마셨던가?"

"응, 마실 수 있게 되려고 연습 중이야."

"홍차밖에 안 마셨으면서…… 누구 영향인지…….."

한쪽 눈썹을 치켜세우는 사카이. 아카네는 설탕을 두 개 넣었다.

"그나저나 놀랐어. 타치바나랑 야나기 선배가 약혼한 사이였다니."

"응, 나도 알았을 때 깜짝 놀랐어. 서로 집안끼리 정한 거래."

"아카네, 어떻게 할 거야?"

"나? 똑같지. 포기 안 할 거야. 약혼했다고 해도 아직 고등학생인걸."

"그렇긴 하지. 기회는 있을지 모르니까 급할 필요 없겠다. 요즘 집안끼리 정한 약혼을 강요하거나 하진 않을 것 같으니까."

그치 그치, 하고 하야사카는 무척 신이 난 목소리로 말했다.

"거기다 나랑 야나기 선배가 잘되면 키리시마도 행복해질 수 있거든."

"그러고 보니 그 안경잡이는 타치바나를 좋아했지."

"아야도 알고 있었어?"

"응, 뭐, 보면 알지."

"그랬구나, 아야도 눈치챌 정도로 키리시마는 타치바나를 좋아하는구나…."

힘내야겠다, 하고 하야사카가 말했다.

"내가 잘되면 타치바나는 솔로가 되는 거잖아. 그러면 키리시마는 타치바나랑 사귈 수 있구. 키리시마가 좋아해 줄까? 웃어 줄까? 키리시마를 위해서 더, 훨씬 더 착한 여자가 될 거야."

"아, 아카네?"

"왜?"

"……으응, 아무것도 아냐."

사카이는 고개를 저었다.

"그래서 미스연 여름 합숙은 갈 거야?"

"갈 거야. 아야도 같이 가잔 말 들었지?"

"마키가 연기하라고 하던데."

"같이 가자. 영상 찍는 거 재밌어 보이잖아."

"……가는 거야 상관없는데."

어째 걱정도 되니까 하고 사카이가 중얼거렸다.

"그래도 의외네. 키리시마랑 야나기 선배가 그렇게나 사이좋은 거."

"그치. 둘 사이엔 무척 뜨거운 우정이 있거든."

아카네는 기쁜 듯이 키리시마가 강에 빠질 뻔한 이야기를 말했다.

　"키리시마 대단하지. 다정하고 용감하고. 지적인 척하면서도 생각보다 덤벙대는 면도 많아서 귀엽기도 해. 그래서 있지, 키리시마가——."

　"아카네."

　사카이가 이야기를 끊고 말했다.

　"……아카네가 좋아하는 게 누구야?"

　"물론 야나기 선배지. 다 알면서."

　"야나기 선배의 어디가 좋다고 했더라?"

　"에이, 그야 이것저것 많지."

　새삼스럽게 물어보니까 답하기 어렵다~ 하고 하야사카가 말했다.

　"축구 할 때 온 힘을 다하는 점이나 은근히 챙겨주는 점. 또 다들 멋있다 그러잖아. 내 생각도 그래. 또 눈가가…… 어라?"

　하야사카는 고개를 갸우뚱거렸다.

　"어어——야나기 선배가, 어떻게 생겼더라? 아하하, 요즘 정신이 없어서. 아무튼 난 야나기 선배를 좋아하니까 열심히 해야지……."

제7화 나는 두 번째 여친이라도 괜찮아

8월 초순 아침, 나는 하코네로 향하는 특급 열차 안에 있었다.

미스연 합숙을 가기 위해서였다.

참가자는 부원인 나와 타치바나, 스페셜 땡스로 하야사카, 사카이, 야나기 선배, 콘티 및 연출 담당으로 만연의 야마나카, 감독인 학생회장 마키 그리고 고문인 미키 선생님이라는, 일단 사람 수만 그럴싸하게 모아봤다는 느낌의 멤버였다.

"선배, 괜찮아요?"

2열 좌석, 나와 나란히 앉은 야나기 선배에게 물었다.

"수험 공부도 있잖아요."

"2, 3일 쉬는 정도야 별거 아니라니까. 일단 공부할 거리도 들고 왔고."

거기다, 하고 선배는 조금 쑥스러운 듯이 말했다.

"히카리랑 추억을 만들고 싶었거든."

선배는 타치바나를 '히카리'라며 성이 아닌 이름으로 불렀다.

그 타치바나는 두 자리 앞에서 하야사카와 나란히 앉아 앞으로 촬영할 각본에 대해서 즐겁게 대화를 나누고 있었다.

"타치바나가 쓴 각본, 잘 썼다."

"그런가?"

"첫 장면에서 키리시마가 죽는 거 마키가 낸 아이디어야?"

"그냥 내가 그러고 싶어서."

"조금 취급이 불쌍하지 않아?"

"부장은 시체 정도밖에 쓸모가 없어."

말은 심했지만 하야사카와 타치바나의 사이가 좋으니 더할 나위 없었다.

"키리시마, 고맙다."

"아뇨, 기획한 건 마키니까요."

"그래도 고마워."

선배가 전학 온 진짜 이유는 타치바나였다.

약혼자로서 한 달에 한 번은 만나고 있었지만 함께 있을 시간이 거의 없었다. 그래서 결혼하기 전에 같은 일상을 보내고 싶었다는 모양이다.

"처음엔 나도 부모님께 듣고서 그냥 별생각 없이 만났거든. 엄청 무뚝뚝한 여자애란 인상을 받았었지."

선배가 말했다. 본인이 듣는 건 아닐까 싶어서 나는 조금 초조함을 느꼈다.

그러나 타치바나는 역에서 산 과자가 맛있었는지 하야사카와 떠들고 있었다. 이렇게 보면 둘 다 평범한 여고생이었다.

"몇 번 만나는 사이에 인상이 바뀌었어. 저 애, 어머니를 위해서 혼담을 받아들이려는 거야. 여자 손으로 혼자 키워줬으니 고생시키고 싶지 않대. 생각보다 효녀 아니냐?"

선배가 이렇게 자기 얘기를 꺼내는 일은 드물었다.

그리고 다음에 무슨 말을 할지 상상할 수 있어서 어찌 됐든 난 이어지는 말을 듣고 싶지 않았다. 누가 대화에 끼어들어 주진 않을까 기대했지만, 사카이와 야마나카는 조금 떨어진 곳에 앉아 있었고 한 자리 앞에 앉은 미키 쌤과 마키는 무슨 일인지 줄곧 자리를 비운 상태였다.

"그러다 정신을 차리니까——."

선배가 결국 말하고 말았다.

"좋아하고 있더라."

나는 순간 앞쪽에 앉은 하야사카를 살폈다. 선배의 이 말을 하야사카에게 들려주고 싶지 않았다. 다행히 하야사카는 열차의 스낵 카트를 불러세워 과자를 잔뜩 사고 있었다. 얼마나 먹으려는 걸까.

야나기 선배는 약혼과는 무관하게 타치바나를 좋아했다.

직접 듣고 나니 무척 현실적이었다.

정말로 아름다운 사각형이 완성됐다.

"선배, 미스연에는 안 들어와도 되겠어요?"

"사양할게. 전학 온 것도 너무 억지스러웠다고 반성 중이야."

"그래도 방과 후에 우리 둘만 있는데요."

"키리시마라면 안심이지. 여자애한테 이상한 짓을 할 타입은 아니잖냐."

"그렇죠."

선배는 나와 타치바나 사이에 어릴 적 나눈 약속이라는 최고의 비장의 카드가 있으며 게다가 최근까지 부실에서 조금 불건전한 게임을 즐겼다는 사실을 몰랐다.

선배는 날 조건 없이 신뢰했다. 그러나 나는 사실을 숨기고 있었다.

"짝사랑이야. 이렇게 조금이라도 가까이 있고 싶다고 생각할 만큼."

선배는 이어서 무언가 더 말하려 했지만 조용히 차창 밖 풍경을 바라보기 시작했다.

문득 타치바나와 하야사카가 조용해진 것을 눈치챘다. 아무래도 아까 산 과자를 진지하게 먹기 시작한 모양이었다.

나는 이어폰을 끼고 음악을 들었다.

얼마 뒤 하야사카와 타치바나가 자리에서 일어나 이쪽으로 걸어왔다.

"왜 그래?"

내가 이어폰을 빼고 물어보자 하야사카가 대답했다.

"과자 팔던 카트를 찾으러 가려구. 역시 아이스크림도 먹고 싶어서."

"어? 아까도 잔뜩 먹지 않았어? 더 먹으면 살——."

"키리시마, 뭐라고?"

아뇨, 아무것도.

타치바나는 입을 꾹 닫고서 한마디도 없이 스낵 카트를 찾으러 떠나버렸다.

"저 애가 날 좋아하지 않는 거 알아."

타치바나와 하야사카가 옆 차량으로 간 뒤 선배가 말했다.

"그래도 기다릴 거야."

"좋아해 줄 때까지요?"

"응. 남자를 만질 수 없는 거라면 날 만지게 될 수 있을 때까지 계속 기다릴 거야. 폐를 끼치지 않도록 하면서 옆에 있으려고. 그만큼 좋아해. 약혼자란 처지를 이용해서, 좀 꼴사납지만."

선배와 나는 극과 극이었다.

선배는 가장 좋아하는 여자를 계속 좋아하는 것에 타협하지 않았다. 거기에는 포기한다든지 짝사랑이 허무하게 끝나버리면 어쩌나 하는 그런 두려움은 전혀 없었다.

반면 나는 순애에 대한 환상을 부정하고 현실적 노선인 두 번째를 긍정했다. 지금도 그 생각에 변함이 없었지만, 선배를 보고 있으면 모두가 순애를 동경하는 마음에도 이해가 갔다. 조금 눈부셨다.

"분명 괜찮을 거예요."

진심에서 나온 말이었다.

타치바나의 약혼자가 야나기 선배란 걸 알고서 이미 난 속으로 포기했다.

타치바나에게서 호의를 느낀 적은 분명 있었다. 그러나 집안 사정이나 나와 야나기 선배의 관계 같은 요소들이 너무나도 많았다.

그래서 합숙 전에 나와 타치바나는 그에 대한 것과 서로의 관계에 관해 얘기를 나누었다.

그리고 지금은 더 이상, 말조차 별로 나누지 않는다.

"타치바나랑 선배는 잘될 거예요."

"고맙다, 키리시마는 역시 좋은 녀석이라니까. 그쪽도 뭐 힘든 거 있으면 말해. 뭐든 해줄 테니. 누가 뭐래도 우린 서로 목숨을 구해준 사이 아니냐."

선배는 살갑게 웃었다.

괜찮다, 나는 원래 가장 좋아하는 사람과는 사귈 수 없다고 포기했었고 이유야 어찌 됐든 결과적으로 그렇게 됐을 뿐이니까.

모든 일이 예상대로 흘러갔으니 기분이 가라앉을 일도 없었다. 완벽하게 포기할 수 있었고 미련 따윈 전혀 없었다. 멀쩡 그 자체. 오히려 약혼한 여자에게 연심을 품는, 그런 귀찮은 상황을 그만두게 되어서 고마울 정도였다.

"그런데 키리시마, 아까부터 계속 포키만 먹네?"

"아아, 이거요?"

역 매점에서 여행 간식으로 산 것이다. 그 은색 봉투가 무릎 위에 너저분하게 널려 있었다.

"너무 많이 먹는 거 아니냐?"

"왠지 맛이 안 느껴져서 먹어도 먹은 것 같지 않더라고요."

선배가 포키를 하나 손으로 집어 먹었다.

"그냥 초콜릿 맛인데?"

"그래요? 뭔가 부족한데. 과자 부분이 눅눅하지 않아서 그런가. 그래, 눅눅해야 해. 눅눅해야. 더, 더 줘……."

"키리시마?"

옆에서 의아한 얼굴을 하는 선배를 무시하고 나는 뭔가가 부족한 포키를 계속해서 먹었다.

◇

"약혼자가 선배였다고 해도 그렇지 포기하는 게 너무 빠르잖아."

마키가 말했다.

"물론 나도 야나기 선배한텐 중학교 때부터 제법 신세를 져서 키리시마가 어떤 기분인지 이해해야 가지. 그래도 타치바나는 틀림없는 진짜 첫사랑 상대 아니냐."

"그렇긴 한데."

밤, 마키와 둘이서 노천 온천탕에 들어갔다.

첫날에는 전혀 촬영을 하지 않았다. 미술관에 가거나 온천 만쥬를 먹거나 하코네 관광을 하며 놀기만 했다. 그리고 여관에서 저녁을 먹고 지금은 온천에 잠겨 있었다.

"얘기만 들어보면 말이지."

마키가 말했다.

"타치바나에게 약혼을 취소해 달라고 부탁하면 될 것 같지 않냐? 말해봤어?"

"말한 적 없고 말할 생각도 없어."

"왜?"

"너무 무책임한 것 같아서."

확실히 나와 타치바나 사이에는 어릴 적 나눈 약속이 있었다. 그것에 매달리면 타치바나가 일시적인 감정에 휩쓸려 나를 선택할 가능성도 있었다. 하지만──.

"약혼을 취소하면 타치바나네는 지금까지 해 온 것처럼 할 수 없게 돼. 그러면 타치바나의 장래에도 영향이 가겠지."

제정신을 차렸을 때 타치바나가 후회할지도 모른다.

"고등학생들 연애잖아. 생각이 너무 앞서가는 거 아니냐."

"그래도 중요한 일이야."

나는 타치바나를 불행하게 만들고 싶지 않았다.

"거기다 역시 난 선배를 배신할 수 없어."

"뭐, 키리시마가 그렇게 말한다면야 그런 거겠지. 거기다 타치바나랑 선배도 분위기가 꽤 괜찮아 보이고."

하코네 관광을 하면서 타치바나는 줄곧 선배 옆을 걸었다.

여관 객실에서 저녁을 먹을 때도 스스로 선배 옆에 앉았다. 평소의 쌀쌀맞은 타치바나에게선 떠올릴 수 없는 행동이라 야나기 선배도 놀라워했다.

"설마 키리시마가 타치바나를 거절한 건 아니지?"

"둘이서 그렇게 하기로 한 거야."

"야…… 그게 말이나 되냐."

"이미 정했어."

일주일 정도 전에 있었던 일이다.

여름방학에 들어가 미스연은 한 번도 부 활동을 하지 않았다.

그러나 그날, 나와 타치바나는 부실에 모였다.

합숙 때 촬영할 단편 영상의 시나리오 구상을 위해서였다.

오랜만에 보는 타치바나는 변함없이 교복이 잘 어울렸고 산뜻해 보여서 그야말로 여름의 사이다 광고 모델 같았다. 포카리스웨트의 광고 같은 분위기로 사랑을 하고 싶은 충동에 내달렸지만, 우리는 곧 대립하게 되었다.

"애너그램이 좋은데."

"아니, 타치바나. 여기선 당연히 서술 트릭이지."

단편 영상에 사용할 미스터리 트릭에 대한 얘기였다.

나와 타치바나는 심야 라디오나 미스터리와 같은 동일한 취미가 있었다.

그러나 세부가 달랐다. 라디오라 하면 타치바나는 닛폰방송, 나는 분카방송을 들었고 미스터리는 저마다 애너그램과 서술 트릭을 좋아했다.

"애너그램 아님 싫어."

타치바나가 좋아하는 애너그램이란 문자를 사용한 트릭이다.

의미를 알 수 없는 문자열이 등장하고 그 문자의 순서를 바꿔보면 이야기에서 중요한 사실이 나타난다.

"그래도 타치바나, 어떻게 영상에 애너그램을 쓰려고?"

"일단 취객을 하나 등장시켜."

"신선한 스토리가 되겠는데."

"극 중에서 그 취객은 계속 취해있지. 그리고 헛소리처럼 '쿠사슈도엔' 이라고 계속 외치는 거야."

"쿠사슈도엔?"

"거꾸로 말하면 엔도 슈사쿠. 진범인은 엔도 슈사쿠고 취객은 처음부터 범인을 맞췄던 거지. 관객은 한 방 먹었다! 젠장! 그렇게 되겠지?"

"그렇게 될까?"

"제목은 '취객 탐정'이야."

확실히 애너그램 트릭이긴 한데. 타치바나, 생각보다 엉뚱한 걸.

"아니, 그건 그만두자."

"왜? 그 취객한테는 슬픈 과거가 있어. 한때는 대기업에서 일했지만 사내 정치에서 밀리는 바람에 애인에게 차이고 수면제와 술을 동시에 먹었다가──."

쓸데없이 세세한 설정을 풀어놓는 타치바나.

"잠깐만, 타치바나. 영상 작품에 애너그램은 역시 임팩트가 부족해."

"그렇게 말하면 부장이 좋아하는 서술 트릭도 소설에서밖에 못 쓰는걸."

"여자가 남자처럼 말하거나 노인이 젊은 척 말하는 거라면 그렇겠지. 그래도 시간 축을 뒤섞은 작품이라면 영화화해서 대박이 난 사례도 있어."

서술 트릭의 본질은 독자, 관객의 착각을 이용하는 것이다. 그리고 진실이 밝혀졌을 때 관객은 자신의 착각에 '헉' 하고 놀라게 된다.

"어떻게 할 거냐면 첫 장면에 시체를 보여줄 거야."

"일단은 시체부터 굴려라. 미스터리의 정석이지."

"맞아. 그리고 그다음 이러쿵저러쿵해서."

"흠흠."

"그래서 이렇게 돼서 범인은 이렇게."

"아하~."

"──이렇게 되는 거지."

"흐음. 뭐, 짧은 영상이면 그 정도가 적당하겠네."

타치바나는 이야기의 개요를 메모했다.

"알았어. 서술 트릭으로 갈게. 대신 인물 이름이나 세세한 설정은 나한테 맡겨줘."

"알았어."

그리하여 각본의 방침이 정해졌다.

문제는 그다음이었다.

"부장, 모처럼 모였으니까 이거 하자."

타치바나가 보여준 것은 또다시 연애 노트였다.

"나, 이것저것 더 시험해보고 싶어."

"안 돼."

"재미없게."

"난 안 되는 건 안 된다고 말할 줄 아는 남자야."

"아, 그래? 그럼 됐어, 이제 부탁 안 할 거야."

타치바나는 이전처럼 돌아갈 준비를 하고 부실을 나가려 했다.

평소라면 여기서 내가 불러세우고 게임을 시작했겠으나 오늘은 그러지 않았기에 타치바나는 문을 열고서 뒤로 돌더니 날카롭게 나를 째려보았다.

"부장, 진짜 안 할 거야?"

"안 해."

"왜?"

"말할 필요도 없잖아."

"약혼자가 있으면 안 돼? 누가 정했는데?"

"그 수엔 안 넘어가."

타치바나는 더 이상 연애 뉴비가 아니었다. 많은 것을 알고 있었다.

"……내 약혼자가 부장의 소중한 선배라서?"

"그런 셈이지."

한동안 말없이 시선을 주고받았다.

우리는 여태껏 수많은 것들에 대해 둔감한 척하며 둘이서 미묘한 관계를 즐겨왔다. 그러나 더는 무시할 수 없었다. 해가 지면 집으로 돌아가야 하듯이 애매한 관계 속에서 즐기는 시간에도 끝이 있었다.

타치바나는 어머니를 배신할 수 없다.

나는 야나기 선배를 배신할 수 없다.

그렇다면 결론은 하나.

"나도 야나기 오빠한텐 미안하다고 생각해. 그 사람을 좋아한다면 좋았을 텐데, 그 사람이 날 만지도록 했다면 좋았을 텐데,

그렇게 생각할 때도 있어."

그래도 있잖아, 하고 타치바나는 말을 계속했다.

"난 역시 부장밖에 만질 수 없고 부장 말고 다른 사람에겐 설렐 수 없어. 난 이제 이건 어쩔 수 없다고 결론을 내렸지만, 부장은 아니었구나."

"미안해."

"뭐 괜찮아……. 그래도, 어릴 적엔 날 좋아했지?"

"첫사랑은 언젠가 끝나는 법이야."

"그래. 주변을 전부 희생해서 날 선택해줄 생각은 없구나."

뭐, 나도 부장을 좋아하는 건 아니니까, 하고 타치바나가 말했다.

"그냥 연애가 어떤 건지 조금 궁금했을 뿐이야."

그만 갈래 그렇게 말하고 부실을 나가는 타치바나.

그러나 끝으로 돌아보며 산뜻한 표정으로 말했다.

"좋아. 어릴 적 약속도 둘이서 만든 추억도 전부 없었던 셈 쳐줄게."

"잘 있어, 선배 생각이 극진한 키리시마."

◇

첫사랑은 이루어지지 않기로 정해져 있다. 그렇기에──.

"그러면 된 것 같기도 하네."

마키가 말했다. 나도 마키도 목욕 시간이 길었다.

"그래도 하야사카는 어쩔 거야."

"아직 선배를 포기하지 않은 것 같지……."

나 힘내게, 하고 말했다.

"……그래도 어려울 거야."

하야사카는 약혼자가 있는 남자를 유혹할 타입이 아니었다.

"뭐, 그렇겠지. 약탈에 나설 타입도 아니니까."

즉, 자연스럽게 나와 하야사카의 조합이 완성되는 것이다.

"뭔가 예정 조화인걸."

"이러면 된 거야. 이렇게 되도록 계획을 세웠으니까."

"다 정해진 곳으로 돌아간 셈이로군."

"과정이 중요한 법이지."

결국 두 번째끼리 사귄다 해도 첫 번째에게 할 만큼 했다든가 후회는 남기지 않겠다든가 하는 마음의 정리와 납득이 필요한 것이다.

내게도 하야사카에게도, 그리고 분명 타치바나에게도.

"이 합숙은 그걸 위한 통과 의례야."

"무언가를 경험함으로써 사람은 변한다, 이니시에이션이로군."

합숙이 끝났을 때는 분명 나와 하야사카, 선배와 타치바나라는 조합이 깔끔하게 완성되어 있을 것이다.

근데 그렇게 일이 잘 풀릴까, 하고 마키가 말했다.

"사람의 감정은 퍼즐이 아니거든. 깔끔하게 딱 들어맞을 거라곤 단정 지을 수 없을 것 같은데."

◇

"그럼 가 보자!"

마키가 가정용 카메라를 돌리며 큐 사인을 내렸다.

하코네에 도착한 다음 날 아침, 본래 목적인 단편 영상의 촬영이 시작됐다.

"틀림없이, 100% 죽었어."

고무장갑을 낀 타치바나가 내 목덜미에 손을 대고 말했다.

나는 목욕탕에서 시체 역할을 하고 있었다.

"그래도 진짜로 죽은 게 맞을까? 에잇, 에잇."

위험한 캐릭터를 연기하는 타치바나. 즐거워 보여 다행이긴 하지만, 개인적인 감정을 주먹에 담아 날 때리는 것 같은 기분이 들었다.

더불어 뜨거운 물을 샤워기로 뿌렸다. 이건 사망 추정 시각을 속이기 위한 공작이었다. 근데 촬영이니 차가운 물을 뿌려도 되지 않았을까.

"뜨거워? 뭐, 그럴 리가 없지. 죽었으니까. 우후후후!"

마무리로 작업용 쌀 포대에 담겨 여관 뒤의 경사에서 떨어졌다.

"자, 컷~!!"

마키의 목소리가 울리며 첫 장면의 촬영이 끝났다.

"괜찮아?"

휴식 시간이 되어 하야사카가 곁으로 달려왔다.

나는 여관 뒤뜰에서 접이식 의자에 앉아 방금 경사를 구를 때 부딪친 곳을 살피고 있었다. 조금 아팠지만 멍이 들거나 하진 않았다.

"방금 장면이 서술 트릭이야?"

"맞아. 그 장면부터 시작하면 보는 사람은 당연히 타치바나가 날 죽였다고 생각하겠지?"

그러나 진범은 따로 있었고 타치바나는 시체를 처리했을 뿐이었다. 이제부터 타치바나는 진범인 야나기 선배를 감싸기 위해 새로운 살인을 저지르게 된다.

"타치바나, 각본도 쓸 수 있다니 대단하다. 네이밍 센스는 좀 알쏭달쏭하지만."

"내 캐릭터 이름이 키리야마 키린지인 건 내가 키린지란 밴드를 좋아해서일 거야."

"그럼 야나기 선배의 캐릭터 이름이 이시쿠라 모리시인 건?"

"선배가 가장 좋아하는 축구 선수의 별명일걸. 이미 은퇴했지만 일본 대표 중에 모리시라고 불렸던 선수가 있었거든."

사카이는 와쿠이 시어버터, 야마나카는 테즈카야마 베레보.

"내 무네코는 뭘까. 짚이는 게 없는데."

"그러고 보니 타치바나, 하야사카를 가슴 큰 여자애라고 말했었지."

"나만 가슴이라 *무네야? 어째 마음에 안 들어!"

---

*무네(胸:むね)는 일본어로 가슴을 뜻한다.

농담처럼 화를 내는 하야사카. 그러나 곧 차분한 얼굴로 돌아왔다.

시선 끝에는 야나기 선배가 있었다. 조금 떨어진 곳에서 타치바나와 함께였다.

타치바나가 페트병 뚜껑을 열지 못하자 선배가 대신 열어서 건네주었다.

왠지 무척 분위기가 좋아 보였다.

"야나기 선배, 좋아해?"

내가 물어보자 하야사카는 고개를 끄덕였다.

"내가 상상했던 대로였어. 엄청 다정하고 다른 사람 생각도 잘 해줘. 하지만 그 옆엔 타치바나가 있어."

타치바나는 치사해 하고 하야사카가 말했다.

"선배도 키리시마도 타치바나를 좋아하잖아. 타고난 첫 번째 여자란 느낌이야."

"하야사카를 첫 번째로 좋아하는 사람도 많아."

"그럴지 모르지만 타치바나랑 나란히 서면 역시나 달라. 타치바나는 특별해. 있잖아, 타치바나 생일 알아?"

"1월 1일."

"맞아, 타치바나는 한 해가 시작되는 날에 태어난 사람이야. 뛰어넘을 수 없어. 아무도 당해낼 수 없다구."

그래도 힘낼게, 하고 하야사카는 얼굴 앞으로 주먹을 불끈 쥐었다.

"어떻게든 해서 선배가 돌아보게 할 거야."

바로 얼마 전까지는 두 가지 좋아한다는 감정이 뒤섞여 혼란스러운 모습이었다. 지금은 타치바나의 약혼자가 야나기 선배였다는 사실이 충격 요법으로 작용해 조금은 회복한 것처럼 보였다. 그러나.

"무리 안 해도 돼. 원래는…… 그런 타입도 아니잖아."

"걱정 안 해도 돼. 확실히 평소라면 못 할 거야. 그래도 이번엔 아냐."

"왜?"

"타치바나가, 조금 마음에 안 들거든."

하야사카치고는 웬일로 말이 거칠었다.

"그도 그럴 게 타치바나는 선배랑 헤어질 생각도 없으면서 키리시마에게 마음 있는 것처럼 행동했잖아."

자기 남자친구가 가벼이 여겨지는 것 같아서 싫었다는 모양이다.

"그러니까 이번에는 안 봐줄 거야. 아주 조금 대항해 보려구. 아하하, 왠지 나, 못된 여자 같아. 그래도 괜찮아, 할 수 있어. 선배가 타치바나랑 헤어지는 게 키리시마한테도 좋잖아. 나한테 맡겨줘."

하야사카의 감정은 아무래도 나와 타치바나를 중심으로 움직이는 것처럼 보였다.

진짜 자신의 감정을 잃어버린 게 아닐까. 그것이 조금 걱정이었다.

"아, 타치바나, 선배랑 꽁냥댄다."

쳐다보니 타치바나가 수건으로 야나기 선배의 이마에 맺힌 땀을 닦고 있었다.

하야사카는 한동안 그 모습을 보다가 이윽고 이쪽을 보며 말했다.

"있지, 키리시마. 키스하자."

"어?"

"다른 사람들 몰래, 지금 여기서 키스하고 싶어."

그건 좀 위험하지 않을까 싶었으나 왠지 함초롬한 하야사카의 표정을 보니 도망칠 수 없으리라 직감했다.

"저 두 사람이 저런 분위기잖아. 우리도 있지, 키스해버리자."

하야사카의 눈에 각오가 서렸다.

언쟁을 벌이면 주변에 들킬 것 같아 나는 서둘러 하야사카에게 키스했다.

"나쁜 짓 하니까 재밌다, 그치."

하야사카의 표정이 무척 요염했다. 점점 안 좋은 방향으로 나아가고 있었다.

그러나 곧 다시 앳됨이 남아있는 얼굴로 돌아와 밝은 표정으로 말했다.

"나, 할 거야. 두 번째 여친으로서 끝까지 해낼 거야."

◇

해가 지기 전에 촬영은 끝났다.

저녁에는 가편집을 마치고 단편 영상의 상영회를 열기로 했다. 이 마키란 남자는 역시 학생회장을 맡고 있는 만큼 일 처리가 빨랐다.

객실 거실의 파티용 스크린에 프로젝터로 영상을 틀었다.

그 뒤로 많은 장면을 촬영했고 그사이 하야사카는 어떻게든 야나기 선배에게 다가가려 했다.

'나, 힘낼게.'

그렇게 말하긴 했지만, 역시나 하야사카는 요령이 부족했고 긴장까지 해서 아무것도 할 수 없었다.

미안해, 미안해, 하고 내게 사과했다.

지금 거실 다다미 위에서 하야사카는 내 옆에 머물러 있었다. 앞에는 선배가 앉아있었고 그 옆에는 타치바나가 무릎을 끌어안고 앉았다.

"좋았어, 시작할까!"

마키가 말하고서 방의 불을 껐다.

그리고 야마나카가 컴퓨터를 조작해 단편 영상의 상영을 시작했다.

제목인 '돌려차기 탐정 Q의 온천 추리'가 나온 뒤 '감독 마키 쇼타'라고 커다랗게 자막이 표시되어 웃음이 일었다.

나는 영상을 보지 않고 앞에 앉은 타치바나를 줄곧 보고 있었다. 머리를 올려서 하얀 목덜미가 보였다.

"여관을 괜찮게 무대로 삼았으니까 선전으로선 나쁘지 않을 거야."

"그러게."

야나기 선배와 타치바나가 작은 목소리로 그런 대화를 나누었다.

15분의 단편 영상은 금세 클라이맥스를 맞이했다. 촬영할 때 타치바나의 연기력에 모두가 감탄했던 마지막 장면이었다.

타치바나는 진범인 야나기 선배를 감쌌다. 그것을 탐정역인 마키에게 간파당한 뒤 경찰에 출두하기 전에 야나기 선배에게 사랑을 고백했다.

그 연기가 너무나도 현실감 있게 느껴져 그 자리에 있던 모두가 진짜로 타치바나가 야나기 선배에게 고백하는 줄 착각했다. 야나기 선배도 감동한 듯한 표정을 짓고 있었다.

나는 이 스크린을 통해 그 장면을 다시 한번 자세히 보기로 했다.

그리고 그 마지막 장면이 시작되기 직전──.

하야사카가 내 손을 쥐어왔다.

'내가 옆에 있어.'

마치 그렇게 말하는 것 같았다.

방이 어두운 것을 핑계 삼아 나는 하야사카의 손을 마주 잡았다.

스크린이 애달픈 표정의 타치바나를 비추었다. 얇은 입술이 움직였다.

"난 이시쿠라 모리시를 좋아해. 무슨 일이 있더라도 계속, 줄곧 좋아할 거야."

선배가 연기하는 이시쿠라 모리시가 그 말을 듣고 "고마워."
라며 눈물을 흘렸다.

두 사람의 표정과 대사는 연기의 영역을 뛰어넘었다.

타치바나가 진심으로 고백하고 선배가 그에 대답하는 것처럼
보였다.

단편 영상이 끝나자 로맨스 영화를 보고 난 뒤와 비슷한 여운
이 남았다.

이게 타치바나의 대답이구나.

나는 화면 속 그녀에게서 메시지를 받아 마음 깊숙이 간직했다.

◇

불꽃놀이도 사람에 따라 취향이 갈린다.

하야사카는 컬러풀한 것을 좋아했고 타치바나는 심플한 것을
좋아했다.

밤이 되어 우리는 여관 안뜰에서 불꽃놀이를 하고 있었다.

여름날 추억의 마무리로 미키 선생님이 준비해준 것이다.

손에 폭죽을 들고 저마다 생각에 잠겨 불꽃을 바라보았다.

자리에는 자연스럽게 조합이 생겨났다.

타치바나와 야나기 선배, 사카이와 야마나카, 미키 선생님과
마키, 그리고 하야사카와 나.

"완성해서 잘됐지."

하야사카가 말했다.

"돌려차기 탐정 Q의 온천 추리."

"그러고 보니 그런 제목이었지."

"타치바나가 선배에게 좋아한다고 말하는 장면에 다 묻혔지만 말야."

타치바나는 조금 떨어진 곳에서 선배와 함께 쪼그려 앉아 선향 불꽃을 피우고 있었다. 끝에 달린 불꽃을 빼앗는 놀이를 하는 모습이 연인 같았다.

"왠지 끼어들 틈이 없어 보여."

하야사카가 말했다.

"처음엔, 타치바나가 저렇게 해서 키리시마의 질투에 불을 붙이려는 걸까 싶었거든. 그랬는데 이번 합숙에선 눈도 안 마주쳤지."

"그러게."

"이제 키리시마에겐 관심이 없는 것 같아."

"그러게."

그때였다.

타치바나와 선배의 대화가 들려왔다.

"쓰레기봉투, 이쪽에 있어."

타치바나가 그렇게 말하고 선배의 셔츠 자락을 잡고서 이끌었다.

피부에는 닿지 않았다.

하지만 그 타치바나치고는 무척 적극적인 행동이었다. 선배도 그것을 알았기에 놀라면서도 감동한 듯한 얼굴이었다.

"히카리, 이따가 잠깐 산책 안 할래? 산책로가 있나 보더라."

"좋아."

두 사람은 점점 친밀해져 갔다.

나는 그 모습을 더 이상 바라볼 수 없어 손에 든 폭죽으로 시선을 옮겼다.

"왜일까."

옆에 있는 하야사카가 말했다.

"타치바나는 왜 키리시마를 안 고를까. 왜 키리시마가 괴로워하는 행동을 눈앞에서 하는 걸까. 왜…… 어라?"

하야사카의 눈에서 눈물이 방울방울 흘러내렸다. 그 사실에 스스로도 놀라고 있었다.

"이상하네, 타치바나가 키리시마를 행복하게 해주지 않아서 그게 슬픈 걸까? 키리시마를 행복하게 해줄 수 있는 건 타치바나뿐이라 그게 슬픈 걸까? 이제 타치바나는 선배 옆에 있는데 그래도 키리시마가 타치바나를 보고 있어서 그게 슬픈 걸까……. 이제, 영문을 모르겠어."

눈물을 닦아낸 뒤 하야사카는 왠지 피로로 지친 얼굴을 하고 있었다.

멍한 눈동자로 표정을 다잡지도 못했다.

"그래도, 나 힘낼게. 제대로 힘낼 거야. 보고 있어 줘, 열심히 할 테니까."

하야사카는 헛소리처럼 반복했다.

"키리시마에게 착한 여친이고 싶어. 착한 두 번째 여친. 그러니까 키리시마를 위해서 해주고 싶어. 키리시마에게 도움이 될 수 있게. 키리시마, 키리시마, 키리시마, 키리시마, 키리시마."

"저기, 하야사카."

나는 말을 자르고 입을 열었다.

"폭죽, 다 꺼졌어."

"······아, 진짜네."

하야사카의 눈동자에 빛이 돌아왔다.

나는 불이 꺼진 폭죽을 받아들고 새 폭죽에 불을 붙여 들려주었다.

밤의 어둠 속에서 형형색색의 불꽃이 밝게 타올랐다. 격렬하면서도 어딘가 서글픈 그 빛은 쉽게 변해가는 우리의 감정 같았다.

타치바나를 좋아했다.

하야사카를 좋아했다.

야나기 선배도 좋아했다.

세간의 상식에 사로잡힌 사랑은 하고 싶지 않았다.

세간의 비난을 받을만한 사랑은 하고 싶지 않았다.

연이어 솟구치는 모든 감정은 진실이었으나 그럼에도 불구하고 심각한 모순을 품고 있었다.

전부를 이룰 순 없었다. 하지만 그렇게 생각하는 이 마음은 설명이 불가능했다.

그러나 그것이 사랑이고 인간이리라.

많은 감정이 타닥타닥 소리를 내며 색을 바꾸고 형태를 바꾸며 그 자리 그 자리에서 불타오른다. 그래서 사랑을 하는 사람의 행동과 마음에는 일관성이 사라지고 맥락도 없이 모순되면서도 성립되기에 영문을 알 수 없게 되는 것이다.

아마도 일관적이고 논리적인 사랑 따윈 세상에 존재하지 않을 것이다.

우리는 그날 그때마다 생생한 감정에 휩쓸려 수없이 고민하고 방황한다. 때로는 자신의 진짜 마음조차 잊고서 자신의 마음이 과거와는 다르다는 사실을 눈치채지 못한 채 현실에 뒤처지곤 한다.

하야사카도 마찬가지였다. 그래서 그녀는 혼란에 빠져 있었다.

"하야사카, 미안해. 나는 사과해야 해."

"왜?"

"넌 두 번째 연인에 어울리는 여자애가 아니었어."

제대로 순수한 사랑을 해야 할 여자아이였다.

그랬는데 이런 짓을 시켜서 마음을 불안하게 만들고 말았다.

"그렇지 않아."

하야사카는 고개를 저었다.

"난 착한 아이가 아닌걸. 그런 게 싫어서 두 번째끼리 사귀잔 말을 들었을 때 기뻤어. 그런 나쁜 아이야."

"설령 그렇다 해도 지금 하야사카는 많이 혼란스러운 상태야. 그건 스스로도 알고 있지?"

응, 하고 하야사카는 힘없이 고개를 숙였다.

"나, 어떻게 해야 할까."

"마음을 정리하는 게 좋을 거야."

"키리시마는 정리했어?"

"……타치바나는 포기했어."

그렇게 말한 순간 하야사카의 얼굴에는 놀라움 뒤 잠시 기쁨, 그리고 곧 망설임이 찾아왔다.

"어라? 나 좋아해도 되나? 이러면 안 되는 것 같은데, 그래도 기쁜 것 같기도 하고……."

눈동자가 다시 멍해졌다.

"미안해. 왠지, 안 되겠다. 잠깐, 방에 들어가 있을게."

그렇게 말하고 여관 안으로 돌아갔다.

한동안 혼자서 선향 불꽃을 태웠다.

이윽고 폭죽을 다 써서 모두와 함께 뒷정리를 시작했다.

"키리시마, 도와주마."

양동이를 들고 찾아온 선배의 입가가 느슨했다.

"뭐 좋은 일 있었어요?"

그렇게 묻자 선배는 쑥스럽다는 듯이 코를 긁적였다.

"히카리랑 아주 조금, 친해진 것 같아."

"잘됐네요."

"키리시마야말로 하야사카랑 어때? 많이 친한 것처럼 보였는데."

선배가 물어본 타이밍에 스마트폰이 진동을 울렸다.

힐끔 화면을 바라보았다.

'방으로 와줘.'

하야사카의 메시지였다.

나는 선배를 향해, 그러면서도 조금 떨어진 곳에 있는 타치바나를 의식하며 말했다.

"하야사카랑은 잘되고 있어요. 오늘 밤에 중요한 얘기를 하려고요."

제법 큰 목소리로 말했다. 그러나 타치바나는 아무렇지도 않다는 얼굴 그대로 뒷정리에 집중하고 있었다.

타치바나를 포기했다고 말하면서도 은근히 반응을 기대했다. 내 안에 모순된 감정이 남아있다는 증거였다. 그렇게 만드는 것이 사랑의 힘이었다.

그러나 나는 모든 것을 원래 있어야 할 곳으로 되돌리고자 했다.

◇

비수기라 손님이 없어 여관은 방을 두 사람당 하나씩 마련해주었다.

방은 나와 선배, 마키와 야마나카, 하야사카와 타치바나, 사카이와 미키 선생님으로 배정되었다.

즉 하야사카가 부른 방은 타치바나가 묵는 방이기도 했다.

하지만 타치바나는 선배와 산책을 나가서 방에 없었다.

"하야사카."

"……들어와."

유카타를 입은 하야사카가 혼자서 오도카니 좌식 의자에 앉아 있었다.

"차, 끓일게."

하야사카가 커피포트의 뜨거운 물을 따라 녹차를 우려주었다.

나는 맞은편에 앉아 조용히 차를 마셨다.

"왠지 모르게, 진정됐어."

하야사카가 말했다.

"아까 얘기, 이어서 하자."

"그래."

나는 고개를 끄덕이고 아까 하려던 말을 했다.

"이제 타치바나는 포기했어. 그러니까."

정식으로 사귀자.

그것이 사태를 수습할 방법이었다. 타치바나와 선배, 나와 하야사카. 그러한 조합이.

그러나 입 밖으로 내기 직전에 하야사카가 말을 가로질렀다.

"——안 돼."

말투는 상냥했지만 강한 의지가 담겨있었다.

"왜냐하면 그건, 다정함에 내린 결론인걸."

"그래도 내가 하야사카를 좋아하는 건 사실이야."

"알고 있어. 그래도 안 돼. 그렇게 좋아하는 거론, 안 돼."

방에 있으며 생각했다고 한다.

"평소의 키리시마였다면 아직 포기 안 했을 거야. 선배랑 타치바나는 아직 약혼만 한 거고 손도 안 잡았으니까 당연하지."

하야사카가 말하는 대로였다. 이성적으로 생각하면 아직 포기할 단계가 아니었다.

지금 포기하면 그야 드라마틱하겠지만 그것은 자기도취적 연애였다. 여기선 꾹 참고 다음 기회를 기다리는 것이 연애를 대하는 더 성실한 자세일 것이다.

괴롭다고 자포자기하는 것은 좋지 않다.

행복은 분명 그러한 인내와 냉정함 너머에 있다.

"나 때문이지."

하야사카가 말했다.

"내가 이래서 타치바나를 포기하려고 한 거구나."

그랬다. 하야사카가 망가져 가는 것 같아서 더는 두고 볼 수 없었다.

"그래도 키리시마 때문이야."

"나 때문?"

"내 마음이 엉망이 된 건 키리시마 때문이야. 하지만 두 번째라서 그런 건 아냐. 그것 때문은 아냐."

"그러면 내 어디가 문제였을까."

"우린 첫 번째 사랑이 이루어지지 않으면 정식으로 사귀는 거였지?"

"응."

"하지만 키리시마는 타치바나와 맺어지지 못하면 그대로 어디론가 사라져버릴 것 같아."

그래서 불안해졌다고 말했다.

"나랑 정식으로 사귀게 되더라도 마음속으론 계속 타치바나를 생각할 것 같아."

"그렇게 느꼈구나."

"……응."

타치바나를 포기한 뒤 그녀를 어떻게 생각하며 지낼 것인가, 그것은 내게도 알 수 없었다.

끝난 사랑을 어떻게 할지는 또 어려운 문제다.

"왠지 나, 혼자가 되어버릴 것만 같아. 키리시마도 선배도 다 타치바나한테 빼앗겨서."

"난 하야사카를 좋아해."

"그러면 그걸 믿게 해줘."

하야사카가 자리에서 일어섰다.

그리고 바닥에 깔린 이불 위로 가 다시 앉았다.

"첫 번째 사랑이 이루어지지 않았을 때 제대로 내게 돌아올 거라고 믿게 해줘. 내 사랑이 이루어지지 않았을 때 제대로 키리시마가 보험이 되어줄 거라고 안심시켜줘. 그래 주면 나, 힘낼게. 제대로 내가 좋아하는 첫 번째 사람을 쫓아갈게."

양손을 펼치고 이쪽으로 오라고 재촉했다.

무척 쓸쓸해 보이는 표정이라 나는 이불 위로 올라가 하야사카를 껴안았다.

껴안는 버릇이 있는 하야사카는 이러면 마음이 진정되리라 생각했다.

그러나.

하야사카는 내게 매달린 채 스스로 뒤로 쓰러졌다.

내가 하야사카를 밀어 넘어뜨린 듯한 모습이 되었다.

"하야사카?"

"있지, 키리시마. 우리 사귀는 사이 맞지?"

"응."

"어엿하게 사귀는 사이 맞지?"

"물론이지."

"그러면 다들 하는 거, 하자."

그것은 아마도 키스 그 너머에 있는 것이다.

"……나, 어엿한 여친이 되고 싶어."

유카타의 가슴팍이 흐트러졌지만 하야사카는 그것을 고치려 들지도 않았다.

"나도 때와 장소에 따라서 이성을 잃을 때도 있어."

"잃었으면 좋겠어. 날 진심으로 좋아한단 걸 보여줘."

마른침을 삼켰다.

두 번째는 소중하지만, 그 위에는 첫 번째가 있었다. 그래서 키스까지만이라는 규칙을 만들었다.

하지만 지금 되새겨보면 그게 하야사카를 불안하게 만들었을지도 모른다. 여자를 진심으로 대한다는 것은 그러한 것이며 나는 그로부터 도망치고 있었을지도 모른다.

"괜찮겠어?"

"괜찮아."

"그런 짓을 하면 결정적으로 무언가가 바뀔지도 몰라."

"응. 난 바보라서, 키리시마가 첫 번째가 되어버릴지도 몰라."

하야사카는 난처한 듯이 미소 지었다.

확실히 일정 선을 넘어버리면 좋아하는 순서가 뒤바뀔 가능성이 있었다.

나도 그렇게 될지 몰랐다. 이제 와 생각해보니 타치바나가 첫 번째가 아니게 되는 것이 두려워서 저도 모르게 그러한 행위에 발을 들여놓지 않으려던 것 같기도 했다.

"혹시 그렇게 되면, 그때는 키리시마의 다정함에 기대도 돼?"

"응."

"나, 첫 번째 여친이 되면, 꽤 부담스럽게 굴걸?"

"괜찮아."

"……키리시마."

눈을 감고 턱을 들어 올렸다.

나는 몸을 하야사카에게 맡기고 그대로 키스하려 했다. 지금까지 참고 있던 감정을 하야사카의 몸에 부딪치려 했다. 하야사카의 체온과 심장의 고동 소리를, 그 부드러움을 느꼈다.

그때였다.

갑자기 방문이 열렸다.

우리는 흠칫 놀라 그쪽을 바라보았다. 변명하려 했지만 먼저 입을 연 것은 타치바나였다.

"뭐해?"

조금 난처한 듯한 표정으로 말했다.

"거기, 내 이불인데."

◇

나와 하야사카는 이불 위에 무릎을 꿇고 앉아있었다.

조금 떨어진 곳에는 타치바나가 다리를 옆으로 뉘고 앉았다.

불편했다.

타이밍 안 좋게 돌아온 타치바나와 맞닥뜨렸고 이렇게 되고 말았다.

"선배와 산책하러 간다고 하지 않았어?"

"아무개 씨가 들으란 듯이 뭐라고 말하길래."

타치바나가 천연덕스러운 얼굴로 말했다.

"그보다 하야사카랑 그런 관계야?"

"아니야."

간발의 차도 없이 대답한 것은 하야사카였다.

"그래?"

"……나는, 달리 좋아하는 사람이 있는걸."

"그러면 그런 짓은 하면 안 되는 거 아냐? 키스, 하려고 했지."

타치바나의 말에 하야사카는 입을 다물었다.

그리고 잠시 사이를 두고 "연습."이라고 대답했다.

"키리시마를 상대로 연습 중이야."

"꼭 평소에도 하는 것 같은 말투네."

"응, 하고 있거든. 연습이니까. 잔뜩, 몇 번이나, 만날 해."

도발적인 말에 이번에는 타치바나가 입을 다물었다.

"그게 뭐야." 하는 모습이 명백하게 불쾌해 보였다.

지금 이 방에는 이전까지의 세 사람의 관계와는 전혀 다른, 이 곳에만 존재하는 예리한 감정이 피어나고 있었다.

하야사카의 연습 상대라는 변명은 나쁘지 않았다. 내 첫 번째 사랑을 배려해 키스 현장을 들킨 대미지를 줄이려는 것처럼 보였다.

그러나 명백하게 날카로운 감정을 타치바나에게 향하고 있었다.

타치바나도 평소처럼 담담한 태도가 아니었다.

"뭐, 부장이 누구랑 키스하든 무슨 상관이람."

"그치. 타치바나는 야나기 선배가 있으니까."

대화 뒤로, 주고받는 시선으로 두 사람이 서로 감정을 부딪쳤다.

"그나저나 하야사카, 키스를 연습으로 하는구나."

"그야 하지."

"나라면 연습 같은 거 안 해."

"타치바나, 의외로 어린애구나."

하야사카는 평소보다 호전적이었다. 그녀로선 선배도 나도 타치바나에게 빼앗긴 것이나 마찬가지라 그 감정을 공격적으로 내비치는 것일지 몰랐다.

그러나 잠잠히 듣기만 하고 있을 타치바나가 아니었다.

"그럼, 여기서 키스해 봐."

갑자기 그런 소릴 했다.

"어?"

"부장이랑 키스하는 거 보여줘. 할 수 있지?"

아무리 그래도 이 말엔 하야사카도 동요한 듯싶었다.

나도 다른 사람에게 키스하는 모습을 보여주고 싶은 생각은 없어서 당황했다.

"타치바나, 키스하는 걸 봐도 괜찮아?"

당혹스러워하며 하야사카가 물었다.

"괜찮아. 하야사카 말처럼 나한텐 약혼자가 있으니까. 공부 같은 거지."

그리고 있지, 하고 타치바나가 말했다.

"내 '좋아한다는 감정'은 딱 하나야. 둘도 셋도 없어. 그러니까 남의 키스를 봐도 아무런 느낌도 안 들어. 내 사랑은 가볍지 않으니까."

조금 빈정거리는 듯한 말투.

하야사카는 표정은 그대로였으나 화가 치솟은 모양이었다.

"키리시마, 하자."

그렇게 말하고 무릎으로 서서 내게 얼굴을 가까이했다.

"잠깐만, 하야사카."

"타치바나가 보고 싶다니까 보여주자."

"아니, 아무리 그래도——."

나는 타치바나에게 시선을 주었다. 표정이 평소보다 훨씬 냉

랭했다.

"부장, 보여줘 봐. 항상 하고 있다며."

그런 소릴 했다.

두 여자의 감정이 격돌하면 남자는 참견할 여지가 없다.

내가 무언가 더 말하려 하기 전에 하야사카가 옷깃을 양손으로 붙잡았다.

이제는 도망칠 수 없었다.

"타치바나, 잘 봐."

하야사카가 입술을 겹쳤다.

처음엔 확실하게 소극적인, 누군가 보고 있는 것을 의식한 키스였다. 그러나 하야사카는 곁눈질로 타치바나를 보고서 그 표정이 전혀 변하지 않는 것을 확인하더니 더욱 적극적으로 입술을 들이밀고 각도를 바꾸기 시작했다.

이것은 누군가 보고 있는 키스가 아니라, 누군가에게 보여주기 위한 키스였다.

아니, 그 또한 아니었다.

타치바나 앞에서 과시하기 위한 키스였다.

나는 그에 응했다. 하야사카를 끌어안고 입에 혀를 집어넣었다. 하야사카는 놀란 듯싶었으나 곧 내 입으로도 혀를 집어넣었다.

"키리시마, 침 줘."

하야사카는 완벽하게 스위치가 켜져서 황홀한 표정을 짓고 있었다.

나는 곁눈질로 타치바나를 살폈다.

질투해주길 바랐다.

나는 하야사카와 키스하며 그런 생각을 했다.

타치바나의 얼굴은 변함없이 차가웠다. 그러나.

"더 보여줘."

그런 눈을 하고 있었다. 그리고 직감했다.

타치바나는 질투하고 싶어 했다. 내가 항상 SNS를 보며 그래왔던 것처럼──.

이 키스는 이 자리에 있는 세 사람의 감정이었다.

나는 타치바나가 나와 똑같은 감정을 느끼길 바랐다. 내가 줄곧 질투했던 것처럼 내게 질투하길 바랐다. 내가 줄곧 남친에게서 빼앗고 싶었던 것처럼 타치바나도 날 빼앗고 싶길 바랐다.

하야사카는 지금 이 순간, 두 번째가 아니었다. 내 여자친구로서 타치바나 앞에서 과시하고 있었다. 내 남자친구라고 주장하며 여태껏 품어왔던 울분의 감정을 부딪치고 있었다. 어쩌면 자신이 첫 번째로 좋아하는 선배가 약혼자라는 사실에 대한 보복심도 있을지 모른다.

타치바나가 키스를 보여달라고 한 것은 자신의 감정을 시험하고 싶었기 때문이다. 비뚤어졌다. 그리고 지금 그녀는 태연한 얼굴로 이쪽을 보고 있었지만, 머리를 손가락으로 빙글빙글 만지작거리고 있었다. 마음이 편치 못할 때 보이는 타치바나의 몇 없는 버릇이었다.

우리는 열에 들뜬 것처럼 감정이 폭풍처럼 휘몰아치는 시간을 보냈다.

그리고 그 시간이 지나가자, 가장 먼저 정신을 차린 것은 하야사카였다.

"……나, 진짜 바본가 봐."

남들 앞에서 키스한 것이 부끄러웠는지 타치바나에게 화풀이를 한 것에 대한 자기혐오였는지.

하야사카는 얼굴을 붉게 물들이고 흐트러진 유카타의 옷차림을 가다듬었다.

"잠깐 머리 식히고 올게."

그렇게 말하고 방을 나가려다가 타치바나에게 말했다.

"……이건, 내가 일방적으로 부탁했을 뿐이야. 키리시마는 그냥 내 연습에 어울려준 거고. 전부 내가 강요한 거고 키리시마는 아무 잘못도 없어."

타치바나는 아무 말도 하지 않았다.

하야사카는 고개를 숙인 채 얼굴을 들지 못했다.

"……타치바나는 연습 같은 거 하면 안 돼. 이런 건, 나쁜 애들이나 하는 거니까."

그렇게 말하고 종종걸음으로 방을 나갔다.

나와 타치바나, 두 사람만이 남았다.

타치바나는 아무 일도 없었다는 듯이 찻주전자에 차를 우리기 시작했다.

"부장도 마실래?"

"아, 응."

너무나도 평범한 분위기라 왠지 방금까지의 시간이 거짓말 같았다.

한여름 밤의 꿈이었을지도 모른다.

그 뒤로도 별다른 대화 없이 나는 차를 마시고 내 방으로 돌아가려 했다.

"그럼, 난 이만 갈게. 내일 봐."

이대로 전부 없었던 일이 되진 않을까. 그렇게, 생각했다.

오늘 밤만, 전부 없었던 셈 쳐줘. 실수였던 셈 쳐줘.

그러나 자리에서 일어선 순간, 타치바나가 덤벼들었다.

나는 중심을 잃고 뒤로 넘어졌다. 타치바나는 그대로 쓰러지며 올라타더니 내 멱살을 양손으로 붙잡았다.

"무지막지 열받았어."

타치바나가 정색하고 말했다.

웬일로 감정을 훤히 드러낸 채 무척 화가 났다.

그리고 타치바나는 키스를 해왔다. 들이박는 듯한 기세여서 내 입술 안쪽이 치아가 부딪혀 찢어졌다. 무심코 얼굴을 뗐다.

입에서 피 맛이 느껴졌다.

"미안. 그래도 정도를 잘 모르겠어. 처음이라, 연습한 적도 없어서."

그렇게 말하며 타치바나는 다시 입술을 밀어붙였다. 몇 번이고, 몇 번이고.

아픔이 느껴지는 키스였다.

타치바나는 한차례 난폭한 키스를 한 뒤 몸을 일으켰다.

"내가 꼭 나쁜 아이 같네."

만족스러운 표정.

"타치바나, 이러면 안 돼. 야기 선배가——."

"이제 됐다니까."

타치바나는 내 말을 자르고 말했다.

"그런 건, 이제 됐다고. 정말로 야기 오빠가 걱정이라면, 날 멀리하고 싶다면 그런 영상은 안 찍었겠지."

"무슨 소리야?"

"얼버무려봤자 소용없어. 눈치 못 챘을 리가 없으니까."

반론을 용납하지 않는 분위기에 나는 입을 다물었다.

타치바나는 내 눈을 바라본 채 아무 말도 하지 않았다.

시곗바늘이 움직이는 소리가 들려왔다.

시간이 멈춘 듯한 공간 속에서 나는 단념하고 말했다.

"……넌 애너그램 트릭을 썼어."

그러자 타치바나는 "거봐, 전해진 거 맞잖아." 하고 장난을 들킨 어린아이처럼 웃었다.

그렇다, 그 단편 영상에는 다른 메시지가 담겨있었다.

날 향한 타치바나의 고백이었다.

선배를 향한 고백이 아니었다.

타치바나가 쓴 각본에 등장하는 인물의 이름은 모두 조금 독

특했다.

키리시마 키린지, 와쿠이 시어버터, 테즈카야마 베레보.

나무를 숨기려면 숲에 숨겨라.

진짜 의도가 있는 이름은 단 하나.

이시쿠라 모리시(Ishikura Morishi).

알파벳의 나열을 바꿔보면——.

키리시마 시로(Kirishima Shirou).

극 중에서 타치바나는 선배가 연기하는 이시쿠라 모리시에게 고백한다.

"난 이시쿠라 모리시를 좋아해. 무슨 일이 있더라도 계속, 줄곧 좋아할 거야."

너무나도 진심을 담아 말하는 통에 모두가 타치바나가 현실에서 야나기 선배에게 품은 마음이리라 생각했다. 그러나 내게는 이렇게 들렸다.

"난 키리시마 시로를 좋아해. 무슨 일이 있더라도 계속, 줄곧 좋아할 거야."

즉 선배를 향해 좋아한다고 연기를 하면서 내게 고백한 셈이었다.

타치바나는 사랑의 천재가 아닐까.

◇

타치바나는 여전히 내 위에 올라타 있었다. 그 표정이 어딘가 즐거워 보였다.

"시로는 진짜로 날 좋아하는구나."

내 감정은 모두 손바닥 안이었다.

"나도 시로를 죽을 만큼 좋아해. 알고 있었지? 내가 아무리 쌀쌀맞게 굴어도, 야나기 오빠랑 친하게 지내도 여유로웠지? 의심한 적도 없었지?"

타치바나는 양손으로 내 몸을 어루만졌다.

"약혼한 상대가 있는데 이런 짓은 하면 안 돼."

"아직도, 착한 후배로 있고 싶구나."

그래도, 이젠 안 돼 하고 타치바나가 말했다.

"혹시 진짜로 야나기 오빠를 걱정했다면, 내 마음을 거절한 거라면, 그런 단편 영상은 찍으면 안 됐어. 적어도 각본을, 캐릭터 이름을 바꿔야 했어. 그러지 않았던 건 시로가 마음속으론 날 원했기 때문이야. 내가 자기를 계속 좋아하길 바랐으니까. 맞지? 있잖아, 그 장면 보고 기뻤어? 선배보다 사랑받는단 걸 알고서 기분 좋았어?"

최고로 기분 좋았다.

하여간, 난처한 사람이다. 타치바나는 내 눈속임을 전부 뜯어내고 마음속에 감추어놓은 비겁함을 끄집어낸다. 그리고 그런 약한 나를 있는 그대로 받아들인다.

그때 타치바나에게서 믿지 못할 만큼의 특별한 호의를 받고서 다른 사람들은 아무래도 상관없어질 만큼의 쾌감이 나를 가득 채웠다.

"아까는 난폭하게 해서 미안해."

타치바나가 손가락으로 내 입술을 덧그렸다.

"화가 나서 일부러 그런 거야."

"그럴 줄 알았지."

"한 번 더 해도 돼?"

내가 대답하는 것보다 먼저 타치바나는 입술을 겹쳤다.

이번 키스는 무척 상냥한 키스였다. 닿을락 말락 하는 정도부터 시작해 입술이 맞닿은 뒤 천천히 타치바나의 혀가 들어왔다.

머릿속이 저릿했다.

치아가 닿아 찢어진 상처를 타치바나가 정성껏 핥았다.

"피 맛이 나."

"불건전한걸."

"하야사카랑은 몇 번 키스했어?"

"셀 수 없을 만큼."

"열받아."

그 뒤로 몇 번이고 키스했다.

숨이 차오를 정도였다.

얼굴을 떼자 타치바나의 표정은 어딘가 만족스러워 보였다.

"있잖아, 시로. 하야사카를 좋아해?"

그렇게 말하는 타치바나는 무슨 이유에선지 복도로 통하는 문을 바라보고 있었다. 그리고 그 시선은 거기서 멈추지 않고 그 너머를 향하는 것처럼 보였다. 나는 아무 말도 할 수 없었다.

뭐, 무슨 상관이람, 하고 타치바나가 이쪽을 향했다.

"좋아. 시로가 바라는 대로 해줄게."

타치바나가 말했다.

"난 그대로 야나기 오빠의 약혼자로 있을 거야."

──좋아하는 선배를 배신하고 싶지도, 우리 가족을 망치는 책임도 지고 싶지 않잖아?

"시로는 하야사카랑 지금처럼 있어도 돼."

──하야사카가 망가지는 것도 싫고 여자아이한테 상처 주는 남자도 되고 싶지 않잖아?

"좋아하는 선배랑 사이좋게 지내면서 자기를 좋아해 주는 여자에게 다정하게 대하고 첫사랑인 여자도 자기 것으로 삼고 싶다. 맞지? 숨길 필요 없어."

입 밖으로 낼 수 없는 제멋대로이기 짝이 없는 소망.

"전부, 이루어줄게. 선배 앞에선 착한 척하고 하야사카랑은 알콩달콩하게 지내. 그래도, 나는 시로의 여자가 되어줄게. 그냥 넘어가 줄게."

그러니까──.

"모두 몰래, 나쁜 짓 잔뜩 하자."

끝으로 타치바나는 상쾌한 표정으로 두 손가락을 세우며 말했다.

"나는 두 번째 여친이라도 괜찮아."

계속

후기

독자 여러분, 안녕하세요, 저자인 니시 죠요입니다.

이 책을 구매해주셔서 진심으로 감사드립니다.

자, 본작에는 두 명의 히로인이 등장합니다.

하야사카 아카네와 타치바나 히카리.

주인공인 키리시마는 첫 번째로 좋아하는 사람이 타치바나이고 두 번째로 좋아하는 사람은 하야사카라고 이야기 속에서 말합니다. 이것은 그 스스로가 자신의 마음을 관찰해 아무래도 그런 것 같다고 깨달은 것으로 그 판단은 그만의 것입니다.

독자 여러분은 솔직히 두 여자아이 중에 누굴 좋아하시나요?

"나 이제 부담스러운 소린 안 할게."라면서 계속 사랑이 부담스러운 하야사카 아카네와 입버릇처럼 "무슨 상관이람."이라고 말하면서 100% 상관있는 것처럼 구는 타치바나 히카리.

이렇게 적어놓으니 참 귀찮은 여자아이들이라 누굴 선택하든 손해 같기도 하네요.

질문을 바꾸면 대답도 바뀔지 모르겠군요.

사귄다면 누구랑? 친구가 된다면 누구랑? 응원하고 싶은 건 누구?

아니, 난 하야사카도 타치바나도 아냐! 사카이다! 그런 분도 계실지 모릅니다.

독자 여러분의 감상이 듣고 싶은 요즘 이맘때입니다.

둘 다 좋다는 대답도 전혀 괜찮습니다. 키리시마도 순위를 매기긴 했지만, 지금은 여자들이 가하는 압력에 겁을 먹은 상태라 제대로 된 결정을 내리기나 한 건지 몹시 의문입니다.

덧붙여 저자는 이 이야기의 결말을 아직 생각해두지 않았습니다. 그것도 본작의 테마가 세간의 이미지와 틀에서 벗어나 다른 곳에선 찾아볼 수 없는 연애의 형태를 찾아보자는 것이기에 키리시마, 하야사카, 타치바나가 각자 시행착오를 거쳐 자신들끼리 그 결말에 도달해야 하기 때문입니다.

본작을 쓰며 담당 편집자님과도 결말은 등장인물의 행동과 심경의 변화에 맡기자고 얘기가 되었죠.

아직은 좀 미숙하지만, 그들이 어디로 향할지 지켜봐 주시면 감사하겠습니다.

그러면 감사 인사입니다. 담당 편집자님, 전격 문고 여러분, 교열 담당자님, 그리고 이 책을 진열해주신 서점 여러분과 그밖에 「나는 두 번째 여친이라도 괜찮아」의 출판에 관여해주신 모든 분께 감사의 말씀을 드립니다. 고맙습니다.

Re 타케 선생님, 멋진 일러스트를 그려주셔서 감사합니다. 전 편집자님께 원고 이외의 내용으로 연락을 드리는 일은 별로 없습니다만, 이번에는 "만약 의뢰가 가능하다면 일러스트는 Re 타케 선생님으로 해주세요." 라고 부탁했습니다. 상상 이상의 퀼리티로 일러스트를 완성해주셔서 정말 고맙습니다. 앞으로도 본작 흥행에 함께 매진했으면 합니다. 잘 부탁드리겠습니다.

　마지막으로 다시, 독자 여러분께 감사의 말씀을 올립니다.

　독자 여러분이 조금이라도 즐겁게 읽어주실 수 있도록 집필에 힘쓰겠습니다.

100% 여천

"난 아무런 가치도 없는걸."
"부담스러울걸?"
"나도 바보가 아냐."
"난 데이트할 생각이었어."
"상 줘."
"향수 어디에 뿌렸어?"
"시로……숨……막혀."
"했죠? 한 거 맞죠?"
"날 매도해줘!"
"난 몇 번째야?"
"차서 미안해."
"……치욕이야."
"내 몸, 장난감처럼 갖고 놀아도 돼."
"하야사카, 날 좋아하지?"
"지금 거, 더 해줘……."
"먹여줘."
"좋아하지 않았으면 좋았을걸."
"날 싫어하지 말아줘."
"나쁜 사람은 되면 안 돼."
"또 아카네를 망가뜨렸지."
"내 전부를 받아줘."

완전 청춘 계획/
후야제/여자의 수
콘돔 극초박형
기간 한정의 사랑
컬러풀한 세상
베스트 커플 대회
괜찮은 날/응용
햄버거는 짓눌러
시바견 히카리/흙
10대, 추억으로민
평범한 연인이 하

글 / **니시 죠요**   일러스트 / **Re 타**

나는 두 번짜

"키리시마, 믿는다."
"같이 나쁜 짓 하자."
"때리고 혼내서 길들여줘."

새어 나온 숨결/3
나쁜 강아지/나는

문화제/커튼 속
벗겨진 속옷/절대복종
하야사카 플랜/왼손의 ㅎ
차고 싶어/부도덕 RPG
0.03㎜/통금 깨기/영화
움직이는 허리/후광 효과/
밤의 공원/속물 효과
끝나는 사랑/결혼 진
/세 번째 여자/ 키스 ㅁ
ㅓ는 타입/덧칠
았다/아수라장/장난
ㅏ은 나/개와 주인
ㅅ/주종 플레이

제2권, 9월 발매 예정!

여친이라도 괜찮아

ㅏ 목줄/멍멍!
가끔 쓰레기가

나는 두 번째 여친이라도 괜찮아 1

2023년 06월 20일 제1판 인쇄
2023년 11월 10일 2쇄 발행

지음 니시 죠요
일러스트 Re타케

발행 영상출판미디어(주)
등록번호 제 2002-000003호
주소 07551 서울특별시 강서구 양천로 570 NH서울타워 19층
대표전화 02-2013-56653

ISBN 979-11-380-2962-9
ISBN 979-11-380-2961-2 (세트)

WATASHI, NIBAMME NO KANOJO DE IIKARA. Vol.1
©Joyo Nishi 2021
Edited by 전격문고
First published in Japan in 2021 by KADOKAWA CORPORATION, Tokyo.
Korean translation rights arranged with KADOKAWA CORPORATION, Tokyo.
through Korea Copyright Center Inc.

구매 시 파손된 도서는 구매처에서 교환하실 수 있습니다.
기타 불편사항, 문의사항이 있으신 독자님께서는 노블엔진 홈페이지 [http://novelengine.com] 에서
Q&A 게시판을 이용해 주시기 바랍니다.

노블엔진(NOVEL ENGINE)은 영상출판미디어(주)의 라이트노벨 및 관련서적 브랜드입니다.